KiWi
Paperback

D1933169

KiWi

772

Über das Buch:

Früher, ja früher waren die Deutschen immer Weltmeister. Und jetzt? Will man ins Krankenhaus oder zu seiner Rente, muss man erst am Türsteher vorbei. Hausbesuche machen sowieso nur noch Versicherungsvertreter, Fondsmanager oder die Zeugen Jehovas. Die Lage ist fatal. Bissig und mit seinem unverwechselbaren Stil schickt Richard Rogler seine Lieblingsfigur Camphausen auf Erkundungstour. Und Camphausen ist ein Querulant und Nörgler. Einer aus der Generation der alten Revoluzzer, der konsequent den Weg der Frauenemanzipation mitgegangen ist. Alles hat er für seine Frau geopfert: Karriere und Selbstbewusstsein. Und jetzt? Seine Frau hat ihn abserviert, und sein Sohn hält ihn nur noch für einen Freak.

Mit seinem neuen, erfolgreichen Programm »Anfang offen« zeigt sich Richard Rogler als Meister der spitzen Zunge: hintergründig, intelligent, messerscharf.

»Camphausen ist wieder da. Und das ist gut so ... Sarkastischer als früher, mit verschärfter Formulierungswut, entwirft er ein zeitgenössisches Panoptikum.«

Süddeutsche Zeitung

Die Autoren:

Richard Rogler, geboren 1949, seit fast 30 Jahren Schauspieler und Kabarettist, ist vor allem durch seine Soloprogramme »Freiheit aushalten!«, »Finish« und »Wahnsinn« (alle erschienen bei KiWi) und durch TV-Auftritte bekannt geworden. Zahlreiche Auszeichnungen, u. a. 3-mal Deutscher Kleinkunstpreis, Grimme-Preis und Telestar. Seit 2000 Honorarprofessor an der Universität der Künste in Berlin für Kabarett.

Dietmar Jacobs, geboren 1967 in Mönchengladbach. Autor für Fernsehen und Bühne. U. a. für Richard Rogler, Thomas Freitag, Jochen Busse, Volker Pispers, die »Missfits« und Käpt'n Blaubär.

Richard Rogler/Dietmar Jacobs

Anfang offen

Kiepenheuer & Witsch

1. Auflage 2003

Umschlaggestaltung: Barbara Thoben, Köln
Umschlagfoto: © Melanie Grande
Gesetzt aus der Baskerville Linotype
Satz: Pinkuin Satz und Datentechnik, Berlin
Druck und Bindearbeiten: Clausen & Bosse, Leck
ISBN 3-462-03251-8

»Sonja, wieso gehst du denn nicht ans Handy? Das ist doch sonst gar nicht deine Art. Ich bin es zum zwanzigsten Mal, Camphausen, dein Mann. Ich sitze noch im Auto, das heißt, ich parke gerade ein, stehe praktisch schon vor dem Haus, es kann sich also nur noch um Minuten handeln, bis ich bei dir bin ... Ich steige jetzt aus, schließe den Wagen ab ... laufe über die Straße ... zack! Gartentor bereits überwunden ... Haustür aufgeschlossen ... und schon stehe ich da in voller Pracht! Sonja? ... Sonja? Ich bin's. Hallo?!«
Zu spät. Um ein paar Stunden. Aber mein Gott, was sind schon ein paar lächerliche Stunden, wenn man sich liebt? Früher haben wir ganze Wochen aufeinander gewartet. Aber heute? Weg ist sie. Oder war sie vielleicht noch gar nicht hier? Egal. Ich kann es nicht ändern. Ich habe mich beeilt, aber es ging nicht schneller.
Das heißt, es geht prinzipiell schon, aber nicht mit so einem Auto. Von Kampen auf Sylt nach Köln-Zentrum sind es 614,36 Kilometer. Die fährt man normalerweise in vier Stunden. Wenn man was draufhat. Und ich dachte, ich hätte sogar noch was drunter. Den neuen Mercedes Maybach. Aber genau das war der Schwachpunkt. Die Schwierigkei-

ten begannen schon auf Sylt. Ich stelle auf dem Navigationssystem ein: Westerland/Autoverladung. Schon meldet sich die Dame von GPS:
»Nächste Straße rechts.«
»Das tut mir Leid, gnädige Frau. Das geht nicht. Gesperrt. Baustelle.«
»Dann die zweite Straße rechts.«
»Geht nicht. Gesperrt. Unfall.«
»Nächste Straße links, dann wenden.«
»Das geht schon gleich gar nicht. Gesperrt. Straßenfest. Dumme Kuh!«
»Nicht in diesem Ton.«
»Schnauze.«
»Ebenfalls, du Sackgesicht.«
»Bitte was?!«

Seit wann ist die mit mir per Du?

Vierzehn Stunden war ich unterwegs. Reine Fahrzeit vier Stunden - aber zehn Stunden Rast. Die Karre hat eingebaute Sensoren, die erstellen laufend ein EEG der Gehirnströme, und wenn der Konzentrationswert unter ein bestimmtes Niveau fällt, steuert die Gurke automatisch den nächsten Rastplatz an, der Fahrersitz klappt als Bett zurück, über dem Armaturenbrett wird eine Kaschmirdecke ausgefahren, die Scheiben verdunkeln sich, und schon meldet sich die Tussi wieder: »Schlafen Sie gut. Bei wiedererlangter Fahrtüchtigkeit werden Sie sanft geweckt.« Und versuchen Sie ja nicht, zwischendurch das Auto zu verlassen! Die Frau merkt alles: »Sie sind im Begriff, den Wagen zu verlassen. Bitte bedenken Sie, dass beim Wiedereinsteigen die Ruhezeit bei null beginnt.«

Beim zweiten Mal dachte ich, die kann mich mal. Bin einfach an der Raststätte vorbeigefahren. Das lässt sie sich auch erst mal gefallen. Ein weiteres Mal auch noch, aber dann haben Sie keine Chance mehr. Die Geschwindigkeit wird gedrosselt, das Lenkrad zieht nach rechts auf den Standstreifen, die Warnblinkanlage schaltet sich ein, aus dem Heck fällt ein Warndreieck, aus dem Dach klappt ein gelbes Blaulicht, eine Sirene ertönt, und die

Wegfahrsperre wird aktiviert. Auf dem Display am Armaturenbrett erscheinen Ihre Punkte in Flensburg, die Höhe der Ordnungsstrafe wird angezeigt, und wenn Sie diese nicht innerhalb von fünf Minuten aus dem Auto heraus mit einer Kreditkarte bezahlen, bestellt die Kiste den Abschleppdienst.

Sonja und ich waren eigentlich verabredet. Privates Einzelgespräch. Thema: Verhandlung über die Fortsetzung der Koalition zwischen den Ehepartnern Herrn und Frau Camphausen. Oder wie die Sonja immer sagt: Zwischen den EhepartnerInnen Frau Söntgenrath-Camphausen und Herrn Camphausen. Mir egal. Früher habe ich mich noch über die Doppelnamen aufgeregt, aber heute denke ich: Wenn Frauen das durchhalten, zeugt das auch von persönlicher Stärke. Nur einmal ist mir der Hut geplatzt, als sie plötzlich anfing, anstelle von »Camphaus**en**« mit »Camphaus**In**« zu unterschreiben.

»Sag mal, Sonja, du kannst doch nicht einfach meinen Namen verändern!«

»Wieso nicht. Du hast meinen doch auch verändert!«

»Entschuldigung. Du warst seinerzeit auf dem Standesamt damit einverstanden.«

»Gar nichts war ich. Ich hätte viel lieber weiter Söntgenrath geheißen. Du hättest dich ja Camphausen-Söntgenrath nennen können.«

»Sonja, jetzt mach mal halb lang. Stell dir mal vor, ich komme als Mann im Berufsleben ...«
»In welchem Berufsleben?«
»Bitte?«
»In welchem Berufsleben? Soweit ich informiert bin, hast du den Hausmann gespielt.«
»Gespielt?!! Viel schlimmer! Ich war der Hausmann!! Guerillero im Kampf für die Vorbereitung zur Befreiung der Frau. Merkt nur keine.
Sonja, jetzt überleg mal: Ich sitze als Hausmann, was schon schlimm genug ist, im Elternbeirat, was noch schlimmer ist, und stelle mich dann noch vor mit ›Camphausen-Söntgenrath‹. Das ist ungefähr so erotisch wie ein Hektar Mischwald.«
»Ach nee, Camphausen. Und wenn ich bei einem Geschäftstermin sage, mein Name ist Sonja Söntgenrath-Camphausen, dann springen wohl die Hormone der Männer im Dreieck?!«
»Das kann man doch nicht vergleichen. Erstens sollen die gar nicht springen, und zweitens ... Es ist doch so, bei Frauen ist nach wie vor nicht der Name entscheidend, sondern das Aussehen.«
Das sind dann die Sachen, wo oft am nächsten Tag in der Zeitung steht:
»Frau mischte Indianergift in die Bratwurst. Mann tot.«
Aber das geht bei uns nicht. Weil immer ich gekocht habe. Mich kann man so schnell nicht vergiften. Einer der wenigen Vorteile des Hausmanns.

So, Camphausen, komm erst mal runter. Ruhig werden. Was stelle ich denn zu essen hin, falls die Sonja plötzlich doch noch in der Tür steht? Leberknödelsuppe hätte ich noch im Tiefkühler. Nee. Zu primitiv. Ob ich Sushi kommen lassen soll? Auch irgendwie einfallslos. Ich hab's! Minestrone. Klar. So haben wir uns schließlich vor 28 Jahren kennen gelernt. Es geschah bei einer Minestrone. Quatsch. Bei *der* Minestrone. Genauer bei *der Minestrone an sich.* »Minestrone Denominazione di origine communista controllata«. Ich hatte die Sonja seinerzeit gefragt, ob sie mich begleiten will auf meiner Exkursion »Auf den Spuren von Antonio Gramsci«. Wir wollten uns auf die Suche nach unbekannten Texten aus seiner Haftzeit machen. Daraus wurden dann drei Wochen sole e amore. Ohne Gramsci. Gut, nicht ganz. Einen Vormittag war ich schon im Archiv der Kommunistischen Partei von Cagliari. Und da habe ich in einem alten Aktenordner, der unter die Regale gerutscht war, tatsächlich einen unbekannten Text von Gramsci gefunden: das Original-Rezept der Minestrone von seiner Mutter. Das habe ich natürlich gleich ausprobiert. Bin zum Markt gerast, alle Zutaten gekauft. Und nach drei Stunden stand sie auf

dem Tisch. Und auf der Papierserviette daneben mein Heiratsantrag an Sonja. Das war der Beginn einer ganz langen Nacht.
Ob ich die Minestrone nochmal so hinkriege? Das war nicht ganz einfach. Zwiebeln in jeweils einem halben Liter Gemüsebrühe und einem halben Liter Weißwein aufkochen und auf zwei Drittel reduzieren. Brühe durch ein Sieb gießen. Nochmal einen halben Liter Weißwein dazugeben, Knochen und Beinscheibe in die Suppe geben und eine halbe Stunde kochen lassen. Knochen und Fleisch rausnehmen und die Suppe erkalten lassen. Prise Zucker. Mit Salz und Pfeffer abschmecken. In die erkaltete, entfettete Brühe leicht verschlagenes Eiweiß unter Rühren langsam aufkochen und eine Viertelstunde ziehen lassen. Den grau-weißen Schaum abschöpfen. Den Vorgang so lange wiederholen, bis die Brühe ganz klar ist. Das blanchierte, klein geschnittene Gemüse aus Staudensellerie, Möhren, grünen Bohnen und Blumenkohl (keine Erbsen!) sowie den ausgelassenen Speck dazugeben (nicht mehr aufkochen!) und vor dem Servieren mit einem trockenen Pesto aus dünnst geschnittener Zitronenschale, Knoblauch, Petersilie und Parmigiano bestreuen.

Das ist ein Süppchen! Da versteht man erst den berühmten Ausspruch von Gramsci: »Wenn ich wüsste, dass morgen die Welt untergeht, würde ich heute noch eine Minestrone kochen!« Stand auf der

Rückseite von dem Rezept. Allerdings sind sich Gramscis Biographen einig, dass er in seinem Leben definitiv nie irgendwas gekocht hat. Und erst recht keine Minestrone. Wobei bis heute nicht klar ist, ob er keine Minestrone gekocht hat, weil er nicht wusste, ob morgen die Welt untergeht, oder ob sie nicht untergegangen ist, weil er zu faul war, eine Minestrone zu kochen. Egal, jedenfalls zaubert Camphausen heute auch keine Minestrone mehr. Alte Erinnerungen soll man nicht aufkochen.

Eine Flasche Taittinger tut es auch. Irgendwo hatte ich doch noch eine ...
Wo ist die denn? Camphausen, konzentrier dich!
Ich bin noch gar nicht richtig zu Hause. 614 Kilometer. Nur für diesen sinnlosen Männerausflug nach Sylt. Aber jeder vom »Kleeblatt«, so heißt meine Männergruppe – komme ich gleich noch drauf –, redete auf mich ein: »Camphausen: Mach keinen Scheiß! Wir müssen doch unsere Tour machen. So wie früher! So wie früher!« Ich bin selber schuld. Oder auch nicht. Im Grunde hat mich die Sonja nach Sylt vertrieben. Wir wollten uns bereits vor zwei Tagen treffen, aber ich hatte plötzlich keine Lust mehr auf ein Gespräch mit ihr. Nach so einem Brief. Da hätte jeder andere Mann genauso reagiert. Wenn Sie als Mann nach 28 Jahren Ehe plötzlich lesen müssen: »Zwischen Frau Sonja Söntgenrath-Camphausen und Herrn R. Camp-

hausen wird folgende Vereinbarung geschlossen: Beide Ehepartner erklären ihre Scheidungsbereitschaft ...« Sabbelsabbelknorzknorz ... Herr Camphausen erklärt überhaupt nichts!

Telefon. Na endlich!

»Sonja, wo bist du denn? – Bitte, wer ist dran? – Scholz? Sagt mir nichts. – Olaf Scholz? Sagt mir auch nichts. – Was sind Sie? – Generalsekretär der SPD. – Ja. Camphausen. Am Apparat. – Auch. Ich bin der Firmeninhaber. ›Camphausens Bildungsflitzer Europa 3000‹. Von wem haben Sie meine Nummer? – Von Udo Walz? – Sicher kenne ich den. Der Prominentenfriseur aus Berlin. Aha ... Ja ... verstehe ...
Herr Scholz, ich lasse mir die Sache durch den Kopf gehen und melde mich dann bei Ihnen. – Ebenfalls. Ahoi.«

Die SPD. Die nerven mich schon die ganze Zeit. Wollen von mir beraten werden. Ich habe nämlich einen kleinen Service aufgemacht: »Camphausens Bildungsflitzer Europa 3000«. Ich habe sozusagen schon vor Jahren aus der Bildungsmisere die Konsequenz gezogen. Komme ich gleich noch drauf.
Der Scholz von der SPD ... Will von mir wissen, ob mir noch Steuern einfallen, die von der SPD eventuell übersehen wurden.
Schwierige Frage. Ob ich da noch was entdecke?

Das wird eng. Nachdem Rot-Grün jetzt doch die Vermögenssteuer wieder einführen will. Für Langzeitarbeitslose. Das ist ja der Trick, der hinter der Zusammenlegung von Arbeitslosen- und Sozialhilfe steckt. Als Sozialhilfeempfänger müssen Sie Ihr Vermögen offen legen. Sowohl das materielle als auch das lebende. Sicher steht bei vielen Sozialhilfeempfängern noch ein Opel Kadett, Baujahr 1979, rum. Der wird aber flugs zum Neupreis angesetzt und von der Sozialhilfe abgezogen, falls der Sozialhilfeempfänger es nicht schafft, seine im Pflegeheim einsitzenden Eltern davon zu überzeugen, auf die Aufnahme sowohl fester als auch künstlicher Nahrung zu verzichten.
Eine Steuer für Fußgänger wäre vielleicht noch eine Idee. Oder eine Atmungssteuer in Landstrichen, in denen die Luft noch rein ist und dementsprechend eine höhere Lebenserwartung droht. Oder eine Zebrastreifenüberquerungssteuer. An den Ampeln werden Kassenautomaten angebracht, und wenn Sie »grün« haben wollen, müssen Sie vorher einen Euro einwerfen. Wobei die Gründung von Zebrastreifenüberquerungsgemeinschaften strengstens untersagt ist und nach Paragraph 129 a), »Gründung einer terroristischen Vereinigung«, verfolgt wird.
Die Vorschläge müssen heute noch raus. Nicht dass mir der Eichel persönlich noch zuvorkommt. Der hält die Beleidigungen nicht mehr lange durch. Die Presse beschimpft ihn als »Sparstrumpf

der Nation«, die Opposition als »Finanzproblem Nummer eins«, die Industrie als den »Größten Unterlassungsminister aller Zeiten«. Seine Frau hat vor kurzem in der »Bunten« gesagt, ihr Hans würde nachts im Schlaf nur noch Wörter schreien wie »Radikal«, »Vereinfachung«, »Haben statt Schätzen«, »Hängt die Steuerberater«, »Nehmen ist seliger denn Geben«, »Zahlen macht frei!«, »Die Finanzämter haben 24 Stunden geöffnet«. Ich habe Tage gebraucht, um das Wörterrätsel zu durchschauen. Die Lösung könnte heißen: Alle Einkommen gehen direkt an das Finanzamt, dieses rechnet aus, was für den Bürger übrig bleibt, und der kann den Rest beim Nachtpförtner abholen.

Aber es soll sich niemand beschweren. Der Politstar Herbert Wehner, Gott hab ihn selig, hat uns immer auf die Gefahren der Wahl in einer Demokratie hingewiesen, indem er sagte: »Der Wähler legalisiert die Handlungen, die später gegen ihn unternommen werden.« Aber man sollte gerecht sein: Die Rot-Grünen sind doch super gestartet. Superminister tauchten auf wie Phönix aus der Asche. Clement tauchte aus der Asche von Nordrhein-Westfalen auf, aus der Asche des Bundeslandes mit den meisten Arbeitslosen und Sozialhilfeempfängern. Auf solche Spitzenkräfte können Sie doch in Berlin nicht verzichten. Er hinterlässt in NRW natürlich eine Riesenlücke. Aber Johannes Rau hat schon gesagt, er würde, wenn er die Sache mit dem Bundespräsidenten ausgekostet hat, wieder in die Bresche springen. Gut – der ist dann 120 Jahre alt. Aber was soll's? Und warum sollen Politiker jünger sein als die Politik, die sie machen? Außerdem konnte niemand außer den Sozialdemokraten den historischen Schulterschluss von Wirtschaft und Arbeit bewerkstelligen. Getreu ihrer alten Maxime: »Wie machen wir es, ohne es tun zu müssen?« Super. Und niemand schreit auf. Wo doch der Arbeiter mit seinem Opel Astra das Spiel

mit dem Superminister durchschauen müsste: Super ist das Gleiche wie normal. Nur teurer.
Aber gut. Wie hat Herbert Wehner gesagt? Da müssen wir nun durch. Und die Alternative war leider auch ein Rohrkrepierer. Stoiber. Ich habe ja immer noch die SPD in Verdacht, Angela Merkel bestochen zu haben, damit sie in Wolfratshausen verzichtet. Ein Oberbayer kann halt ganz einfach nicht Bundeskanzler werden. Das ist ein ehernes Gesetz. Viele wollten ja den Wechsel, aber wenn der Wähler nördlich des Mains dann am Sonntag so ganz allein in der Wahlkabine steht – dann wird es eng. Dann fragt sich der und die gemeine WählerIn: »Den Wechsel möcht ich schon – allein mir fehlt der Glaube.« Welcher Teil der Persönlichkeit setzt sich bei diesem Gebirgsschützen durch? Der Pitbull-Terrier oder der Melitta-Mann? Was passiert, wenn der gewinnt? Will ich das wirklich: Künstliche Berge von Flensburg bis Cottbus? »Herzilein« als Nationalhymne? Soll jeder Kinderspielplatz, auf dem eine Kastanie entdeckt wird, zum Biergarten umgewidmet werden? Sollen unsere Kinder Sätze lernen wie: »Hör amoal her, du bleader Grattler, du dreckerte Bauernsau, du dreckerte!« Entschuldigung. Solche Sätze verstoßen gegen das europäische Emissionsschutzgesetz! Und dann noch diese Drohungen vom Edmund: »Wir müssen Bayern verteidigen und Berlin stürmen!« Das ist gefährlich. Die CSU hat enorme Massenvernichtungswaffen. Nehmen Sie allein den kulturterroristischen

Arm der Partei. Die Geschwister Maria und Margot Hellwig. Der einzige jodelnde Doppelsprengkopf der Welt. Und ich bitte Sie: Ein Mann, der zu seiner Frau »Muschi« sagt! »Muschi!« Stellen Sie sich bitte mal vor, der wird in die USA eingeladen. Und dort heißt es beim Protokoll: Morgen kommt der deutsche Bundeskanzler mit seiner Muschi! Wir blamieren uns doch bis auf die Knochen. Am Ende stellen die Amis noch einen Katzenkäfig auf. Und sie sagt zu ihm: »Mein Edelmann.« Ja Entschuldigung! »Muschi und ihr Edelmann.« So heißt wirklich kein Kanzlerpaar. So heißt höchstens ein Spätfilm auf RTL 2. Und viele haben vermutet, dass Stoiber noch nicht mal nach den eigenen Gesetzen der CSU Kanzler werden durfte. Der Beckstein wird nicht müde zu betonen, dass nur derjenige in Deutschland bleiben darf, geschweige denn ein Amt ausüben kann, der erstens der deutschen Sprache mächtig ist und zweitens Kenntnis in deutscher Geschichte hat. Und da sieht es ja ganz düster aus. An Bayern sind große Epochen der deutschen Geschichte schließlich spurlos vorbeigegangen. Die Reformation. Die Aufklärung. In niederbayerischen Postämtern finden Sie noch heute Fahndungsplakate der meistgesuchten Terroristen. Auf den ersten Plätzen stehen da Martin Luther und Immanuel Kant.

Nein, nein – es gab keine Alternative. Und das ist gut so. Die Rot-Grünen hatten ja noch gar nichts weggeschafft. Die müssen nachsitzen. Der Schrö-

der hat damals vor dem Kanzleramt gebrüllt: »Ich will da rein!!« Das haben wir ihm ermöglicht. Jetzt kann er hundertmal brüllen: »Ich will da raus!!« Nichts da! Du bleibst so lange drin, bis dir was Vernünftiges einfällt. Mach mal ein paar Gesetze, die der Prosperität des deutschen Volkes dienen.
Ich bin so froh, dass der Vorschlag der Grünen, den Volksentscheid in die Verfassung aufzunehmen, am Veto der CDU gescheitert ist. Volksentscheid. Klingt erst mal gut. Riecht nach Demokratie. Aber was steckt dahinter? Die Politiker wollen dem Volk das Gefühl geben, es könnte mitregieren. Nach dem Motto: Macht doch mal, ihr Besserwisser. Wir werden es dann schon ablehnen. Und das tun sie dann auch. Sechs Millionen Unterschriften sind nötig, um überhaupt zur Ablehnung vorgelassen zu werden. Da war der Wassergraben um die Burg im 16. Jahrhundert einfacher zu überwinden. Und worüber darf das gemeine deutsche Volk dann mitbestimmen? Über Probleme des staatsbürgerlichen Gemeinwohls. Ob deutsche Stallkaninchen einoder zweimal die Woche frisches Stroh bekommen müssen. Die lebenswichtigen Bereiche sind von vorneherein ausgespart. Nicht mitbestimmen darf das Volk erstens über die Todesstrafe. Zweitens über die Rechte und Pflichten der Abgeordneten. Drittens über die Beamtenversorgung. Eine völlig unlogische Dreierkette. Wo doch nur durch die Todesstrafe die Punkte zweitens und drittens im Ansatz reformiert werden können.

Dauernd soll ich mich um die Arbeit der Politiker kümmern. Aber wenn ich mal Hilfe brauche, kommt niemand. Jede ethnische Minderheit kann deutsche Truppen anfordern, aber ich sitze allein und unbewaffnet im Krisengebiet »Ehekrieg«. Warum gibt es dafür keine Ffor-Truppen? Family Forces? Die die Kriegsparteien gewaltsam trennen. Da würde sich manch einer überlegen, ob er solche Briefe schreibt: »Was eventuelle Versorgungsansprüche des Ehegatten Herrn Camphausen betrifft, wird mit Nichtwissen bestritten, dass Herr Camphausen das gemeinsame Kind Tobias nicht ohne Eigennutz aufgezogen hat ...« Sag mal, spinnt die? Was ist denn das für eine Sprache? Das muss doch ein Vollidiot geschrieben haben. Und ich weiß auch schon, wie der heißt. Auf den komme ich noch. Falls ich ihn bis dahin nicht erschlagen habe. »Weiterhin wird mit Nichtwissen bestritten, dass Herr Camphausen in seinem, den beteiligten Parteien bekannten, Alter, insbesondere unter Berücksichtigung seiner Ausbildung und seiner zweifellos vorhandenen Intelligenz ...« – allerdings, davon kann er sich eine Scheibe abschneiden, dieser scheinheilige Blödmann – »nicht in der Lage sein soll, sich selbständig zu ernähren. Im Gegenteil, es ist umgekehrt zu prüfen, ob Herr Camphausen nicht zu Entschädigungsleistungen gegenüber seiner Frau Sonja Söntgenrath-Camphausen herangezogen werden muss, da diese als Frau, entgegen der gängigen Geschlechterrolle, über Jahre ihren Mann aushalten musste, dieser sich in diesem Zeitraum dem bei berufstätigen Männern üblichen Verschleißerscheinungen entzogen hat und somit einen erheblichen Zugewinn an geistigem und körperlichem Mehrwert erwirtschaftet hat ...« Knorzknorzgnägnäsabbelsabbel ... Aha! Da haben wir es ja! »Sachlich und rechnerisch richtig, gezeichnet Dr. Sulzer, Rechtsanwalt.« Du komm mir in die Finger, dann zeig ich dir, wie Verschleiß ausschaut!!

Ich fasse das nicht. Dass einem die Ehefrau, die eigene Ehefrau, also die Frau, die einem selbst gehört ... also angehört ..., dass man von der Frau so einen Brief bekommt. Ein Brief wie vom Vermieter zur Nebenkostenabrechnung. Man hat doch zusammengelebt, man hat zusammen einen Sohn, man war sich nah. Ich würde so weit gehen zu sagen, man ist verwandt. Dabei habe ich immer alles gemacht, was sie wollte. Die Frau Volkswirtin. Wem hat sie es denn zu verdanken, dass sie die Karriere überhaupt machen konnte? Mir. Die Frau »Online-Brokerin«. Mit ihrer Firma »Femin-Invest«. Werbeslogan: »Geld in Frauenhand. Da ist das Geld besser angelegt.«

Und ich? Zwanzig Jahre Hausmann.

Ja, Sie haben richtig gelesen. Zwanzig Jahre Hausmann. Und nun tun Sie mir, geneigter männlicher Leser, den Gefallen: Lachen Sie nicht über mich. Sonst frage ich Sie gnadenlos: Bei welcher Temperatur wäscht man denn das Hemd, das Sie gerade anhaben? - Mit 60 Grad? So sieht es aber auch aus, mit Verlaub. Wie bügelt man denn eine Bluse aus 75 Prozent Kaschmir und 25 Prozent Seide? Mit Dampf, ohne Dampf, mit oder ohne feuchtem Tuch? Ja, da gucken Sie wie Claudia Roth in der Politikvorlesung. Keinen blassen Schimmer. Ich habe mir das alles draufgeschafft. Für sie. Sonja wollte doch immer »den neuen Mann«. Und jetzt? Jetzt hat sie einen neuen Mann. Dr. Sulzer. Gut, ich bin da ganz emotionslos, was den betrifft ... die Pfeife ... der Brustschwimmer ... der Karussellbremser! Ist scheinbar interessanter als ich. Dabei wollte sie die eingefahrenen Geschlechterrollen auflösen. Sie wollte einen Mann, der Verantwortung übernimmt: für die Liebe, für den Haushalt, sogar für die Verhütung. Habe ich alles gemacht. Gut ... Neun Monate später kam dann der Tobias. Für den Namen ist übrigens sie verantwortlich. Und da habe ich freiwillig gesagt: »Sonja, ich verzichte auf den Job und bleibe zu Hause.« Gut, ich gebe zu, streng genommen hatte ich damals auch keinen Job. Ich hatte Kunstgeschichte und Politologie studiert und saß gerade am letzten und wichtigsten Schein. Am Taxischein. Ja, und da bin ich eben Hausmann geworden. Und das war nicht leicht. Im Gegenteil.

Hausmann sein, das ist Kampf. Die Freunde machen Witze über dich, die Gesellschaft grenzt dich aus. In die Stillgruppe hat man mich nicht mal reingelassen. Und dazu die Demütigung zu Hause. Immer davon abhängig, dass meine Frau mir Haushaltsgeld gibt. Und immer, wenn ich an ihr Portemonnaie gegangen bin, die blöden Kommentare vom Tobias: »Guck mal, Papa geht an die Börse.« Das ist bitter. Jahrelang hab ich von der Welt nichts anderes mitgekriegt als Kinderlieder, Kindergeschichten, Kinderfernsehen. Das verengt den Blick. Ja. Ich hab so viel Kinderfernsehen geguckt, ich hab erst im Nachhinein begriffen, dass der Kanzler damals Kohl hieß. Und nicht Käpt'n Blaubär. Aber ich habe mich durchgekämpft als Hausmann. Und ich war gut. Der Haushalt war immer tipptopp. Gegen mich war Meister Propper eine Schlampe. Bei mir konnte man vom Boden essen. Allein meine Küche war so sauber, ich wette, wenn Bakterien Horrorfilme drehen könnten, würde ich die Hauptrolle bekommen. »Camphausen, der Wischmopp des Grauens«. Aber hat mir das einer gedankt? Im Gegenteil. Von Sonja kam nur Kritik. Da hieß es, ich wäre langweilig geworden. Ich würde mich geistig nicht weiterbilden. Dabei stimmt das gar nicht. Ich habe alles von Hera Lind gelesen. Ich würde nur noch über den Haushalt reden. Bitte schön! Das hat sie doch selbst gefördert. Wie oft habe ich zu Weihnachten Topflappen oder den neuen Schnellkochtopf bekommen? Und ich habe noch gute Miene zum bösen Spiel gemacht. Niemals habe ich über die so genannte Befindlichkeit gesprochen. Niemals habe ich darüber gesprochen, dass es eine Zeit gab, in der ich Testosteron für einen bolivianischen Guerillero gehalten habe. Und ich war immer der Mann in der zweiten Reihe. Wenn wir irgendwo eingeladen waren: Sie stand im Mittelpunkt. Ich daneben und habe gegrinst. Bei jedem Empfang, bei jeder Party. Ich habe so viel gegrinst, mich haben schon Leute gefragt, ob ich einer von den Teletubbies bin. Und was hat mich ihr Bekanntenkreis genervt! Alles nur Anwälte und Börsianer. Da konnte ich nicht mitreden. Aber mir war das egal. Ich habe immer gedacht: Gut, ihr könnt vielleicht Knete machen und Prozesse gewinnen, aber wenn es um Seidenmalerei geht, seht ihr gegen mich keinen Stich. Aber hat Sonja das jemals wahrgenommen? Nie. Ihr einziger Kommentar:

»Weißt du, Camphausen, ich glaube, wir haben uns auseinander gelebt.«

»Auseinander gelebt? Sonja, du warst immer unterwegs, ich war immer zu Hause. Wie sollen wir uns auseinander leben? Wir haben nie zusammengelebt.«

»Aber es fehlt irgendwie der Prickel.«

»Entschuldigung. Wir spielen alle vier Wochen zusammen ›Die Siedler von Catan‹. Mehr Prickel kann man als Paar nach 28 Jahren nicht mehr erwarten.«

Ich weiß schon, was los ist. Die Sonja fand mich einfach nicht mehr attraktiv. Aber so ist es halt: Wenn Männer den ganzen Tag allein sind, neigen sie dazu, sich ein bisschen gehen zu lassen, wenn die Frau nicht ab und zu einen Blick drauf wirft. Ich hatte ein Schlüsselerlebnis in der Richtung. Die Sonja ist zum ersten Mal eine ganze Woche auf Geschäftsreise, erscheint ohne Vorwarnung schon Freitagmittags: »Überraschung, Camphausen. Überraschung!« Ja, die war ihr gelungen! Ich hänge hackevoll am Herd mit meiner Schürze »Hier kocht der Chef«, fettige Haare, nicht rasiert. Ja, ich bitte Sie. Für wen soll ich mich denn schön machen? Kommt doch eh keiner außer dem Bo-Frost-Mann. Ich wollte an dem Freitag an sich Flugente in Rotwein-Himbeer-Soße kochen, an einem Champagner-Trüffel-Risotto. Aber dann dachte ich mir, der Tobias und die Sonja schmecken die edlen Tropfen sowieso nicht raus, und habe sie lieber unverfälscht als Frühschoppen weggeputzt. Die Sonja kommt rein, flötet »Hallo«, zieht sich ohne Ansage mitten in der Küche splitternackt aus, schaut mich angeblich – ich konnte es ja nicht mehr so genau erkennen – mit feurigen, verführerischen Augen an, und ich denke noch,

was will die, was bedeutet das? Ich war völlig außer mir. Und plötzlich fange ich instinktiv an, ihre Klamotten nach Fein- und Kochwäsche zu sortieren. Sie rast schreiend zur Haustür, reißt den Kranz aus frischer Myrte und Strohblumen runter und haut ihn in die Teflonpfanne. Dabei hatte ich es ja nur gut gemeint. Alle in der Nachbarschaft haben so einen Kranz an der Tür. Aber woher sollte ich wissen, dass das ein alter schwedischer Brauch ist und bedeutet: Hier wohnt ein Paar, das keinen Sex mehr hat. Und ab da habe ich mir gesagt: »Camphausen, du musst dich zusammenreißen, du darfst dich nicht länger gehen lassen! Habe mich rausgeputzt, schön angezogen. Und kurz darauf habe ich die Susi kennen gelernt. An dem Seitensprung ist die Sonja schuld. Wäre ich weiter als Hausmann rumgelaufen, hätte sich die Susi nie für mich interessiert. Auf die Susi komme ich gleich noch.
Was mich im Moment viel verrückter macht, ist die Unordnung in der Wohnung. Da ist man mal einen Tag weg, und schon macht sich der Staub überall breit. Aber für mich kein Problem.
Ich habe seit kurzem den neuen Profi-Wischer von VILEDA. Die reinste Freude. Wie dieser Mopp über den Boden tanzt. Wie Fred Astaire auf Speed. Und dazu habe ich das beste Wischmittel aller Zeiten. Kostet einen Euro mehr, aber dafür ... Das ist ein Flüssigwachs, das aus dem Öl vom Aloe-Baum in Neuguinea gewonnen wird. Wasserlöslich. Seidenmatt glänzend. Der absolute Rolls Royce unter

den Putzmitteln. Davon werden pro Jahr nur 100 Liter weltweit produziert. Da kommen Sie nur entweder mit Verbindungen ran oder aufgrund besonderer Verdienste. Ich habe zu meinem 10-jährigen Jubiläum als germanischer Hausmann eine Green Card bekommen und damit das Recht auf einen Viertel Liter im Jahr. Das reicht auch. Von dem Zeug brauchen Sie auf den 10-Liter-Eimer nicht mehr als eine Verschlusskappe. Mehr nicht. Behauptet der Hersteller. Alles Männer. Die denken, mit den doofen Hausfrauen können sie es machen. Aber nicht mit mir. Ich durchschaue die Brüder natürlich. Eine halbe Kappe reicht voll aus! Eher noch zu viel. Im Grunde reicht ein Viertel. Aber das müssen Sie selber rauskriegen. Je nach Fußboden. Da kann man keine allgemein gültige Wischregel festlegen. Da braucht man Jahre. Ich bin mittlerweile so fit - ich tue gar nichts mehr rein.

Besonders bei Holz. Holz ist Holz. Holz ist was Schönes, aber am schönsten ist es, wenn es im Wald steht. Ich sehe manchmal Holzböden, das heißt, ich sehe die nicht, weil ich dann sofort wegschaue. Ich war letztens mal wieder im Theater, habe mich so gefreut darauf; der Vorhang geht auf, ich sehe den Bühnenboden, und schon war ich draußen. Ich denke mir: Diese vergammelten Fichtenbretter! Das sollen die Bretter sein, die die Welt bedeuten? Da kann ich nur sagen: Rausreißen, in den Feinhäcksler rein, einen Sack Maismehl darunter mischen und als Paniermehl an Autobahnraststätten verkaufen. Was sich die Künstler alles bieten lassen. Da versuchen die auf abgewetzten Brettern die Menschheit zur Schönheit der Gedanken zu verführen, während zum Beispiel der Außenminister – ohne Schulabschluss – auf feinstem italienischen Terracotta rumlatscht und nie die Absicht und noch weniger die Fähigkeit hat, irgendeinen Gedanken zu fassen. Außer dass er solche Sätze absondert, dass es ohne Krieg keinen Frieden gibt. Aber deshalb ist er der beliebteste Minister. Besonders bei Frauen. Ja, so ist das eben: Frauen hassen den Krieg, aber lieben die Sieger. Und die dürfen dahersabbeln, was sie wollen. Seit Jahren spricht »Uns Joschka« von der »humanitären Katastrophe«. Und alle Journalisten übernehmen den Quatsch für ihre Headlines. Aber eine »humanitäre Katastrophe« gibt es nicht. Das wird jetzt hier und heute ein für alle Mal festgestellt. Humanitär heißt: Das Wohl des Menschen fördernd, auf die Linderung menschlicher Not ausgerichtet. »Humanitäre Katastrophe« hieße demnach: ein das Wohl des Menschen förderndes schweres Unglück. Sag mal, Joschka, wer hat dir eigentlich deine Deutschkenntnisse implementiert? »Implementiert«. Das Wort verwendet er ja dauernd. Aber leider gibt es das Wort nicht. Kommt von lateinisch »implere« und heißt ganz was anderes. Aber lassen wir ihm die Illusion, ein falsches Fremdwort zu kennen.

Der braucht die Belehrung auch überhaupt nicht. Der Fischer ist fein raus. Egal, ob der noch mal gewählt wird oder nicht. Doris Köpf wollte im Falle einer Wahlniederlage ihres Gerhard nach New York ziehen – Joschka ist trotz des Wahlsieges schon Tausende von Meilen weiter. Der ist bereits in Hollywood. Haben Sie das gelesen? Hollywood will das Leben von Joschka Fischer verfilmen. Ungelogen. Sind Sie skeptisch? Das waren die Produzenten auch, als sie die Bilder von Fischer gesehen haben. Da schrien alle: Wieso sollen wir das verfilmen? E. T. gibt's doch schon. Aber dann hat die Story überzeugt. Und jetzt laufen die Produktionsvorbereitungen. Eine echte amerikanische Geschichte. Der Loser, der zum Helden wird. Wie Rambo. Deshalb soll der Film auch »Fischbo« heißen. Fischer wird gespielt von Al Pacino, der schon den Paten dargestellt hat. Er muss sich also in die Rolle »Fischer« nicht erst groß einarbeiten. Das Drehbuch ist ein Meisterwerk. Es beginnt mit Fischers Jugend in Stuttgart. Dafür wird Stuttgart komplett in den USA nachgestellt. Es war natürlich nicht leicht, einen Ort zu finden, der das Flair von Stuttgart hat. Aber dann hat man vor Los Angeles einen Großparkplatz entdeckt. Die Einwohner werden von 30 000 Komparsen dargestellt, die, um echt schwäbisch zu wirken, dafür einen Monat unter Valium gesetzt werden. Hier wächst Joschka auf. Aber der Zuschauer wird schnell merken: Joschka ist irgendwie nicht wie andere Kinder.

Wenn er eine Ohrfeige bekommt, heult er nicht, sondern sagt: »Mama, die Frage der Menschenrechte belastet unsere bilateralen Beziehungen.« Die Eltern verstehen ihren Sohn nicht, er wird ihnen immer fremder, schließlich fangen sie an, ihn zu siezen. Er fühlt sich verlassen, bis Heiligabend der Weihnachtsmann zu ihm kommt und sagt: »Joschka, du bist als Baby vertauscht worden. Gehe weg und suche deine wahren Eltern.« Cut. Und Joschka macht seinen Weg. Bis jetzt war er Messdiener, aber am nächsten Tag trifft er vor der Kirche einen Kommunisten. Kommunisten, so nennt man in Stuttgart Leute, die die Kehrwoche nicht mitmachen. Und der Kommunist fragt ihn: »Kennst du Marx und Engels?« Und Joschka sagt: »Marx kenne ich nicht, aber die Engels kenne ich alle mit Namen.« Und der Kommunist macht aus ihm einen Linken. Und wie alle Linken geht Joschka nach Frankfurt. Cut. Frankfurt. Jetzt wird der Film dokumentarisch. Deutsche Schauspieler werden eingesetzt. Fischer hört Vorlesungen von Adorno. Dargestellt von Heinz Schenk. Der bei den Probeaufnahmen sehr gut war. Auch wenn er August Bebel ständig als August Bembel bezeichnet hat. Aber er wird sowieso synchronisiert. Nebenbei fährt Joschka Taxi. Bis eines Nachts ein Mann einsteigt. Es ist Hans-Dietrich Genscher, gespielt von Leonardo DiCaprio. Dieser fragt Joschka, warum er Taxi fährt, und Joschka sagt: »Ich brauche Geld. Ich will um die Welt reisen und meine Eltern finden.« Und Genscher sagt: »Junge, man kann auch ohne eigenes Geld um die Welt reisen. Du musst nur Außenminister werden!« Plötzlich Blitz, Donner, Gewitter. Wir merken, jetzt kommt eine Schlüsselstelle. »Außenminister?«, fragt Joschka, »aber was muss man denn dafür können?« – »Nix«, sagt Genscher, »man muss nur in der FDP sein.« Joschka schaut: »FDP? Ist das so was wie LSD?« – Und Genscher wieder: »Nein, LSD ist bewusstseins**erweiternd.**« Aber Joschka will in keine etablierte Partei. »Gut«, sagt Genscher, dann mach doch eine eigene auf.« – »Aber die FDP gibt es doch schon!« – »Scheißegal. Dann machst du halt dasselbe in Grün.« Wieder Donner, Blitz, im Hintergrund bricht ein Vulkan aus. Grün-gelbes Magma tritt aus, das zu grün-gelben Sonnenblumen erstarrt. Wir merken, diese Stelle ist noch wichtiger. Joschka gründet die GRÜNEN. Und bald schon ist Wahl. Alle gehen an die Urnen, machen ihre Kreuze. Die Wahllokale schließen, Spannung, Spannung, Spannung. Cut. Wenig später sitzt Joschka im Parlament. Großes Erstaunen, aber auch Enttäuschung. Joschka ist nicht Außenminister geworden. Denn die Macht hat der Tyrannosaurus Kohl, der von King Kong gespielt wird. Er ist unbesiegbar, weil er als Kind in den Zaubertrank gefallen ist. Joschka glaubt alles verloren. Aber da hört er eines Nachts in Bonn einen Mann, der um Hilfe ruft, weil er so lange am Zaun vom Kanzleramt gerüttelt hat, bis er festgefroren ist. Gerhard Schröder, gespielt von Danny DeVito. Neben ihm Oskar Lafontaine, dargestellt von Louis de Funès. Sehr viel später stößt schwer verletzt Rudolf Scharping dazu, der sein verbeultes Rennrad über der Schulter trägt. Für Scharping hat man in Hollywood bislang noch keinen Darsteller gefunden. Das war allen zu hart. Die drei tun sich zusammen und schaffen es tatsächlich, King Kohl zu stürzen. Aber Joschka hat ihnen mit seiner kleinen, feinen Partei sieben Prozent der Stimmen geklaut und wird damit Außenminister. Aber er kommt nicht zum Feiern, denn schon kommt ein berittener Bote in den Bundestag: In Serbien ist Krieg! Kurz danach: In Afghanistan auch! Joschka muss handeln. Er zieht seine alten Turnschuhe an, holt seinen alten Gummiknüppel aus dem Schrank, läuft wie Forest Gump von Belgrad nach Kabul und ruft: »Schluss mit dem Krieg. Es gibt schon genug Elend auf der Welt!« Und Mullah Omar, dargestellt von Omar Sharif, ruft: »Stimmt. Jetzt, wo ich dich sehe, weiß ich, es stimmt!« Alle jubeln. Joschka hat Frieden gemacht. Und gerade als er mit der Friedensfahne per Fahrrad in Richtung Irak starten will, sieht er zwischen den Trümmern der Stadt Kabul eine Frau, die genauso aussieht wie er. Streicher setzen ein. Joschka läuft in Zeitlupe auf sie zu und ruft: »Mutti!« Und die Frau ruft: »Sohni!« Es ist Madeleine Albright, gespielt von Götz George in der Perücke von Hildegard Knef. Joschka weint und fragt: »Mutti, wo ist Vati?« – »Hier!« Hinter Joschka steht King Kohl. – »Du bist mein Vati?«, fragt Joschka. – »Ja«, sagt Kohl, »was meinst du, von wem du die Ellenbogen hast?« Tränenüberströmt umarmen sich die drei, immer mehr Streicher fallen ein, eine weiße Taube fliegt gen Himmel, Whitney Houston singt Beethovens Neunte. The End.

Wie bin ich jetzt auf den Außenminister gekommen? - Genau. Über den Fußboden. Hoffentlich kommt Sonja jetzt auch wirklich. Wenn ich schon ihretwegen vorzeitig Sylt verlasse. Obwohl, Sylt ... da können Sie streng genommen gar nicht früh genug wegfahren. Sylt. Wie soll man das beschreiben? Das ist Uschi Glas als Insel. 20 Quadratkilometer Sandkasten für Besserverdienende. Und mitten drin die Sylter. Die einzigen Piraten der Welt, die ohne Schiff auskommen. Ja, die Insel wäre ja noch in Ordnung, wenn die Leute nicht da wären. Allein die Frauen. Wenn Sie da ankommen, fragen Sie sich schon: Was ist das hier? Westerland oder die Weltmesse für Plastische Chirurgie? Die waren zum Teil so geliftet, die kriegten den Mund weder auf noch zu. Das ist auch der Grund, warum auf Sylt Austern immer so gefragt sind. Weil man die schlürfen kann.
Aber gut, ich musste mit. Das war ein Beschluss unserer Männergruppe. »Das Kleeblatt«. Und nach unserer Satzung darf keiner ausscheren. Wir machen immer alles gemeinsam. Das geht sogar so weit: Wenn einer einen Fehler macht, machen den die anderen drei mit. Das wäre bei Frauen undenkbar. Aber in Sachen Sylt war ich eh überstimmt.

Drei zu eins. Alle schreien: »Camphausen, die Tour muss gemacht werden. Ohne die Tour geht es nicht. Kleeblatt on tour. So wie früher. So wie früher. So wie früher!« »O. k.«, sage ich, »wie früher.« Bin ich auf den Dachboden hoch und habe aus dem Plastikschrank von »Quelle« meine alte Che-Guevara-Lederjacke ausgekramt. Aus der Zeit, als unsere Tour noch auf Demos ging.
Da hätten Sie die Gesichter sehen sollen, als ich so am Flughafen erscheine. Die haben geguckt wie kurz vor der Darmspiegelung.
»Camphausen, spinnst du? So kannst du doch nicht nach Sylt. Für die Freak-Klamotten bist du viel zu alt!«
»Das sind keine Freak-Klamotten, sondern Polit-Klamotten. Auf in den Kampf zur Vorbereitung der Befreiung von Sylt. Sylt in die Hand des Volkes!«

Ich habe mich schlapp gelacht. Gut, vielleicht war das zu viel an Provokation. Jedenfalls hatten die mich danach nur noch auf dem Kieker. Normalerweise verarscht beim Kleeblatt immer jeder jeden. Aber ab da nur alle auf mich. Das ging schon mit der Kohle los. Haben mich voll abgezogen. Ich hatte schon gegen das Hotel gestänkert. 300 Euro die Nacht. Aber alle sofort:
»Camphausen. Kein Problem. Wir wissen ja, du bekommst nur Taschengeld. Vorschlag: Das Kleeblatt übernimmt sämtliche Reise- und Aufenthaltskosten. Du zahlst lediglich den Leihwagen auf Sylt.«

Ich Idiot sag noch o.k. Wir fliegen los. Mit der neuen Cessna Airblue vom Franz. Er selbst am Steuerknüppel. Dann Landung in Westerland. Und dann stand er da. Der Leihwagen: Mercedes Maybach, silber-metallic. Tagespreis 1100 Euro. Tierisches Gelächter. Ist schon in Ordnung. Ein bisschen Spaß muss sein ...

Ja, ja, das Kleeblatt ...

Wir kennen uns seit der Studentenzeit. Treffen uns seitdem einmal im Monat. Zur Männerrunde. Ein Kleeblatt ist der Franz. Franz Schaeffgens, Steuer- und Vermögensberater. Nur am Jammern.

»Camphausen, alle bunkern ihre Millionen auf der sicheren Seite. Wenn die Geldsäcke nicht bald wieder an die Börse gehen, muss ich eine Häuserzeile verkloppen!«

Der Sack. Hat auf seinem Geschäftspapier klein gedruckt stehen: »Wir bitten Kunden mit einem Jahresumsatz von unter drei Millionen Euro von einer Kontaktaufnahme mit der Sozietät Schaeffgens, Schaeffgens und Schaeffgens Abstand zu nehmen.« Der nimmt solche Leute wie mich normalerweise gar nicht auf. Aber gut, wir kennen uns. Mich führt er unter dem Dateinamen »Belegtes Brötchen«. Spaß muss sein.

Dann gehört noch der Volker dazu. Mein Hausarzt. Internist. Damit ist im Grunde alles gesagt. So einen Beruf kann man machen. Muss man aber nicht. Auch nur am Jammern.

»Camphausen, früher hatte ich am Tag 600 Patienten. Seit der Budgetierung darf ich nur noch 250 nehmen. Wenn das so weitergeht, muss ich mir für die Kassenpatienten einen Arzt aus Nordkorea kaufen oder in meiner Praxis Eintritt nehmen. Camphausen, du warst doch immer der Politagitator, mach mal einen Vorschlag für eine Hammer-Kampagne gegen die Kurpfuscherin Ulla Schmidt, dieses Funkenmariechen der SPD!«

»O. k., Volker, häng ein Betttuch aus deiner Praxis und schreib mit Patientenblut drauf: ‹Sagt der Kranke nicht mehr Aaahhh – lachen Ulla, AOK!›«

Nichts hat er gemacht, der feige Hund. Aber so war er schon als Student. Wir waren zusammen bei der SKA, den SpaßKapitalistenAnarchos. Bei jeder geplanten Aktion hatte er eine Ausrede. Obwohl wir absolut sinnvolle Sachen gemacht haben. Man kann gegen uns 68er viel sagen, aber wir haben seinerzeit noch massiv den Mittelstand unterstützt. In erster Linie die Glasereibetriebe. Wenn wir hörten, der Binnenmarkt liegt am Boden, haben wir bei der Deutschen Bank eine Scheibe entdeckt, die uns in gewisser Weise zu heil vorkam. Nur Volker hat nie mitgemacht. Konnte angeblich keinen Pflasterstein werfen. Wegen Arthrose im Schultergelenk. Gut, sagten wir, dann fängst du mit dem Widerstand mal ganz klein an, schiebst eine Käse-Scheiblette in den Geldautomaten. Konnte er auch nicht. Schleppte er ein Attest an: Allergie gegen Milchprodukte. Die Krankheitsnummer hat er schon als Gymnasiast gebracht. Um sich interessant zu machen. Weil er sonst nichts zu bieten hatte. In Sport eine totale Null. Der Volker ist der einzige Mensch auf der ganzen Welt, der beim Speerwerfen minus 5 Meter geschafft hat. Bei der Abiturprüfung: Da läuft der mit seinen vier linken Beinen und Armen an, stellt den Speer steil auf, der wird von einer Windböe erfasst und landet hinter der Abwurflinie. Logisch. Arthrose! Der Säckel.

Aber heute verdient er mit der Krankheitsnummer ein Heidengeld. Erzählt den Patienten nur von seinen Gebrechen. Riesen-Erfolg. Dem stürmen sie die Praxis. Zwanzigmal so viel, als nach der Quote erlaubt sind. Aber die Kassen halten still, weil er fast keine Medikamente verschreibt. Höchstens mal einen Besuch in einer Hauptschule oder beim 1. FC Köln. Um zu sehen, dass es anderen noch schlechter geht. Und wenn einer frech wird und Tabletten haben will, fährt er ihm übers Maul: »Stellen Sie sich ja nicht so an. Ihnen tut es nur an einer Stelle weh. Aber mir: Hier und hier und hier!«

Mit so was kann man heute Arzt sein. Aber wen wundert's? Bei der Ausbildung. Da muss man nur mal einen Blick in die Hörsäle werfen. Bis zu 3000 Studenten in einem Raum. Die während des Studiums keinen einzigen Patienten zu Gesicht bekommen. Und wenn die im Studium mal einen Menschen sehen, dann als Leiche. Da müssen sie erst tot sein, bevor die Ihnen helfen können. Die Professoren sind schon froh um jeden Studenten, der eine Freundin hat. Damit er wenigstens ab und zu einen lebenden Menschen abtastet. Und nicht immer nur nach der Multiple-Choice-Methode lernt. Und wenn er dann einen Patienten sieht, das Kästchen zum Ankreuzen sucht. Da muss man nicht erstaunt sein, wenn eine Studie zu dem Ergebnis kommt, dass deutsche Ärzte schlechter als jemals zuvor sind. Fünfzig Prozent aller Diagnosen von jungen Ärzten sind falsch. Fünfzig Prozent. Wenn Sie denen mit Grippe kommen, kann es passieren, dass die Ihnen ein Bein abnehmen. Da wird die Behandlung in einem deutschen Krankenhaus natürlich zum Abenteuer. Es gibt jetzt schon Yuppies, die nutzen das für den ultimativen Kick. Die machen nicht mehr Bungee-Jumping, die machen »Krankenhousing«: Begib dich mit Schnupfen in ein deutsches Krankenhaus und gelange an die Grenzen deiner Existenz.

Dagegen ist ein Besuch in Volkers Praxis natürlich langweilig. Seine Behandlungsmethoden sind vollkommen ungefährlich. Weil er grundsätzlich nichts behandelt. Sein Standardsatz lautet: »Stellen Sie sich nicht so an. Treiben Sie Sport!«

Was auch immer der unter Sport versteht. Wahrscheinlich Speerwerfen rückwärts. Oder Golf. Er ist natürlich im Golfclub. Ich war mal mit. Einmal und nicht wieder. Golf-Club Köln-Marienburg. Beste Lage. Schönste Landschaft. Nichts dagegen zu sagen. Wenn da die Golfspieler nicht wären. Waren Sie mal in einem Golf-Clubhaus? Da sitzen Leute in einem körperlichen Zustand, da wissen Sie im ersten Moment nicht: Bin ich hier im Golfclub oder in der Ausstellung »Körperwelten«? Ich war der Jüngste. Die meisten konnten nicht mal mehr stehen. Deshalb ist beim Golf ja auch immer die erste Frage: »Was ist Ihr Handicap?«

Sport! Heute glaubt jeder, er könnte Sport treiben. Das war früher besser geregelt. Da nahmen die Menschen noch mehr Rücksicht aufeinander. Sport in öffentlichen Räumen trieben nur diejenigen, die sich von Haus aus einigermaßen biodynamisch harmonisch bewegen konnten. Heute wird man an jeder Ecke von einem keuchenden Zombie belästigt. Im Ruhrgebiet laufen schon 80 Prozent der Bevölkerung im Trainingsanzug herum. Ein ästhetisches Desaster. Da wäre für den Eichel noch Geld zu holen. Warum verhängt er gegen die Trainingsanzugträger keine Ordnungsstrafen wegen Erregung öffentlichen Ärgernisses? Und wegen massiver Bedrohung der Bevölkerung. Ja, man bekommt doch auch Angst vor denen.

Ich gehe zum Beispiel neulich am Sonntagmittag aus dem Haus. Schaue mich um und denke: Mein Gott, haben die Amerikaner in Köln einen Taliban entdeckt und daraufhin die Stadt bombardiert? Ja, ich rechne da jederzeit mit. Wenn die einen Terroristen in Köln finden, dann ist die Stadt platt. So ist der Amerikaner: Wenn einer von denen umgebracht wird, dann ist das Mord. Wenn die Amis 100 000 wegbomben, ist das Außenpolitik. Aber was bewegt sich da durch die Stadt? Tausende von elend zugerichteten Menschen schleppen sich durch die Straßen. Alle in eine Richtung. Wahrscheinlich versuchen die, den zentralen Verbandsplatz zu erreichen. Bis ich erfahre, dass heute Köln-Marathon ist. Aber gut, dass ich das mal mitgekriegt habe. Mir wurde schlagartig klar, dass die Superministerin Ulla für den desolaten Zustand der Renten nichts kann. Daran ist alleine der deutsche Rentner schuld. Rentner, wollt ihr ewig leben?! Ein Drittel der Marathonläufer war über 60. Nicht zu fassen! Kein Mensch auf der Welt ist so vital wie der deutsche Rentner. Früher hat der sich spätestens mit 65 vom Acker gemacht. Aus Solidarität. Oder aus ästhetischen Gründen. Heute ist der Rentner in diesem Alter höchstens am Beginn der Midlife-Crisis und joggt an den FKK-Stränden dieser Welt. Egal an welchen Punkt der Welt Sie fahren, wer ist schon da? Der deutsche Rentner. In Machu Picchu, auf dem Kilimandscharo, am Grand Canyon. Und das ist der Unterschied zu früher. Wenn man da als Rentner den Grand Canyon sehen wollte, da genügte ein Blick in den Spiegel. Wenn heute der Sensenmann zum deutschen Rentner kommt und sagt: Mach dich fertig, ich nehme dich mit in den Himmel, dann denkt der, das ist der Zubringerdienst von TUI. Der deutsche Rentner will nicht in den Himmel. Was

soll er da auch? Der würde sowieso nur sein Badetuch auf die Wolke legen, damit der Engländer nicht darauf Platz nimmt. Und wenn er mal nicht verreist, dann bildet er sich weiter und weiter und weiter. An den Volkshochschulen gibt es bereits: Segeln für Orientierungslose, Seidenmalerei für Blinde und Spanisch ab 80. Oder der Rentner sitzt in der Uni. Um Heizung zu sparen oder sich mit Bafög die Rente aufzubessern. Zwölf Prozent der Studenten sind bereits Rentner. Da finden Sie 90-Jährige, die mit dem Studium der Betriebswirtschaftslehre beginnen. Um später mal den Betrieb des Vaters zu übernehmen.
Gut, man kann sich natürlich ganz radikale Reformen einfallen lassen. Wie in anderen Ländern. Zum Beispiel Malaysia. Da gibt es Stämme, die packen einfach alle über 60 in ein Boot und bringen sie auf eine Insel, wo die dann bleiben müssen. Haben wir ja mit Mallorca versucht. Nur klappt das bei uns nicht, weil sie der Neckermann nach drei Wochen wieder zurückkarrt. Aber so kann es auch nicht weitergehen: Möglichst mit 55 in Rente gehen und dann anfangen zu leben.
Wie der Josef. Das dritte Kleeblatt. Aber den lassen wir nicht im Stich. Josef hat nur den Realschulabschluss. Da gerät man schon schnell mal an den Rand der Gesellschaft. Aber dafür gibt es ja die Bundeswehr. Der Josef arbeitet in der Versorgungseinheit. Wobei der Begriff »Arbeit« etwas ungenau ist. Sagen wir mal so: Dem Steuerzahler

ist die physische Existenz vom Josef monatlich 3700 Euro wert. Aber dafür trägt der Josef auch Verantwortung. Der hat jeden Tag über 300 000 Vanillepudding unter sich. Und das ist sicher Arbeit, bis die strammstehen.
Und das muss auch so bleiben. Jede Gesellschaft braucht einen großen Arbeitgeber für einfache Tätigkeiten. Da mögen noch so viele schreien: Wir brauchen eine Berufsarmee von hoch qualifizierten Spezialisten! Einverstanden. Aber woher sollen wir die nehmen? Da müsste es ja Einstellungsprüfungen geben. Das gibt ein Desaster. Beispiel Spanien. Die hatten bei einer Sollstärke von 180 000 für die Bewerber einen Mindest-IQ von 64 festgelegt. Aber nur 60 000 haben bestanden. Dann musste der IQ auf 32 runtergesetzt werden. Und nach der Pisa-Studie sage ich für Deutschland einen Quotienten von 18 voraus. O. k., immer noch doppelt so hoch wie bei den Amis.
Aber über den Josef will ich jetzt nichts Schlechtes sagen. Der hat sich in Sylt einigermaßen ruhig verhalten. War ja auch nicht schwer nach den 14 Underberg, die der in der Cessna schon gegen seine Flugangst gekippt hatte. Am meisten ist mir da eigentlich der Franz auf den Zeiger gegangen. Vor allem mit seinem Fimmel für Feinschmeckerlokale. Kaum auf Sylt angekommen, gab er schon den Plan für den Abend aus: »20 Uhr gemeinsames Diner im Nobel- und Promi-Restaurant ›Go-Gärtchen‹.«

Da kams natürlich gleich zum ersten Eklat, als mich der Geschäftsführer nicht reinlassen wollte. Wegen meiner Lederjacke. Das Kleeblatt gleich wieder: »Camphausen, du verdirbst uns die ganze Tour.« Die Blödmänner. Aber ich hatte für so einen Fall schon vorgesorgt und mir eine Visitenkarte drucken lassen: »Prof. Dr. Camphausen, Chefredaktion Bild-Zeitung«. Schon hatten wir den Tisch im Erker mit Blick auf den Sonnenuntergang Nordsee. Und das Gelage nahm seinen unvermeidlichen Verlauf. Vier Gläser Champus. Vorspeise: Gebratene Kaninchenleber auf einem asiatischen Gemüsebett. Dann das Hauptgericht: »Geflüster von fünf Edelfischen auf einem Apfelsinen-Thymian-Jus«. 46 Euro. Aber ohne Besteck. »Herr Ober. Für mich eine Dose Ölsardinen auf einer Diskussion von fünf verschiedenen Brotsorten!« Schon schlechte Stimmung. Aber alles kein Problem, wenn man auf der richtigen Seite der Gesellschaft steht.
Aber dann ist die Sache doch irgendwie eskaliert. Die Tür geht auf, und wer kommt rein? Der Dings ... na, wie heißt er, der Zuchtmeister der SPD? ... Müntefering. Dann die ... na, wie heißt sie? Die Versagerin von den GRÜNEN ... die Dingens ... Sager! Krista Sager. Dann noch der Einstein der Deutschen Bahn AG ... der Mehdorn. Und der Roberto Blanco.
Laut Auskunft unseres Kellners hatten die eine dreitägige Klausurtagung, um die Eigenheimzula-

ge neu festzulegen. Dieses Problem ist nun auch klar. In den vollen Genuss der Zulage kommen in Zukunft Ehepaare, die ab dem Zeitpunkt der Antragstellung innerhalb der nächsten vier Jahre sechs Kinder bekommen, und davon mindestens vier Familienmitglieder im Besitz einer BahnCard erster Klasse sind, wobei mindestens ein Besitzer BahnComfort-Kunde sein muss. Zu beachten ist allerdings, dass die BahnFamily-Card nicht an Wochenenden und Feiertagen gilt, auch nicht in den Wochen, in die ein Feiertag fällt, und natürlich nicht in den Ferienzeiten. Ausgenommen sind Fahrten zu Konzerten von Roberto Blanco.

Das Kleeblatt zieht direkt den Schwanz ein. Josef, der Vollidiot, grüßt militärisch. Volker nickt dem Mehdorn zu. Franz: »Toll. Die gehen auch ins Go-Gärtchen! Mal sehen, was der Müntefering für ein Bier trinkt ...«. Die drei. Früher mit dem Che-Guevara-T-Shirt rumgelaufen, heute kriegen sie feuchte Pfötchen, wenn sie mit den Machthanseln dieselbe schlechte Raumluft atmen dürfen. Gut, denk ich, das ist der Moment, wo es lustig werden könnte.

»Kleeblätter, es wird Zeit für ein Gesellschaftsspiel.«

»Camphausen, halt die Fresse.«

»Mal gucken, was die Politfürsten so draufhaben.«

»Camphausen, bleib ja sitzen, sonst kriegst du eine.«

Wenn jemand so was zu mir sagt, dann stehe ich gerade auf.
Ich gehe rüber an deren Tisch und sage ganz höflich:
»Entschuldigen Sie. Ich möchte die Damen und Herren nicht stören. Mein Name ist Camphausen. Ich bin vom Kommando Günter Jauch. Auf Sie ist das große Los gefallen. Ich darf Ihnen die ›Eine-Million-Euro-Frage‹ stellen. Wo steht folgender Satz: ›Sozialismus wird nur durch die Demokratie verwirklicht, die Demokratie durch den Sozialismus erfüllt.‹ A: Im Kommunistischen Manifest, B: Im Godesberger Programm, C: Im Tagebuch von Walter Ulbricht, D: Im Poesiealbum von Adolf Hitler?«
Und, liebe Leser? Wissen Sie es? Wie sieht es aus bei Ihnen mit der politischen Bildung? Sehr gut! B ist richtig. Godesberger Programm.

Übrigens: Am Tisch hat es als Einziger der Roberto Blanco gewusst.

Der Müntefering schreit sofort nach der Geschäftsführung.
»Ja, ja, ist schon gut, Alter. Fassen Sie mich ja nicht an. Ich bin eh am Gehen. Tschüss Kleeblatt. Ich fahre schon mal nach Köln zurück. Macht's gut. Man sieht sich.«
Raus, rein in den Maybach und los. Den Rest kennen Sie.

So. Was ist jetzt? Kömmt die Sonja, oder kömmt sie nicht?

Entschuldigen Sie, aber mir geht dieser Brief nicht aus dem Hirn.

»Mit Nichtwissen wird bestritten ...« Ein solches Deutsch kann nur Rechtsanwälten einfallen. Wenn man nichts weiß – wie wäre es denn einfach mal mit: Die Fresse halten! Fehlt nur noch, dass er schreibt: »Mit Nichtwissen wird bestritten, dass Herr Camphausen seine Frau Sonja jemals gekannt hat.«

Dr. Sulzer. Rechtsanwalt. Ich begreife das nicht. Wie degeneriert, verzweifelt und am Boden muss eine Frau sein, wenn sie was mit einem Rechtsanwalt anfängt? Von wegen Rechtsanwalt. Reiner Tarnbegriff. »Trittbrettfahrer« ist richtig. Warten doch alle nur darauf, bis einer eine Million unterschlägt oder eine Bank überfällt. Dann hängen sie sich dran. Kommt der Teufel zum Rechtsanwalt und sagt: Folgender Deal: Du gewinnst alle Prozesse, verdienst 100 000 Euro im Monat, hast ein Privatflugzeug und drei Maseratis. Dafür kriege ich deine Seele, die Seelen von deiner Frau und deinen Kindern und von allen deinen Freunden und Verwandten. Gut, sagt der Anwalt, und wo ist der Haken? Aber der Sulzer trifft den Teufel nicht. Wenn der den Sulzer in seinem Auto sieht, tritt er vor Schreck in die Kirche ein. Blau-weiß gestreifte Hemden mit weißem Kragen, rosa Krawatte mit Bugs Bunny drauf. So sitzt der in seinem Audi TT. Möchte mal wissen, warum die Sonja den genommen hat. Die will mich bestimmt nur provozieren. Aus der Reserve locken. Ich soll um sie kämpfen. Vielleicht hat sie deshalb so einen Versager an die Angel geholt, um mir den Sieg nicht zu schwer zu machen. Oder es handelt sich ihrerseits um eine neue Diät-Methode. Sie ist so schlank geworden in letzter Zeit. Klar. Der hat so einen zausligen blöden Vollbart, wo alles drin hängen bleibt. Wenn sie dem morgens einen Kuss gibt, hat sie gleichzeitig gefrühstückt. Aber warum kämpft sie nicht um mich? Stattdessen haut sie mir meine Affäre mit der Susi um die Ohren.

Die Sonja hat leicht reden. Im Grunde habe ich mit ihr nur gleichgezogen. Sie ist ja immer im erotischen Kreisel geblieben. Sie war eine der ersten weiblichen Fondsmanager. Nur von Männern umgeben. Hier ein Flirt beim Mittagessen, da ein Blick an der Hotelbar, gleich wird ein Zettel rübergeschoben mit einer Zimmernummer ... Und jetzt drängelt sich plötzlich der Sulzer zwischen uns.

»Sag mal, Sonja, wieso machst du denn plötzlich mit dem Affen eine Beziehung auf?«

»Frag nicht so blöd. Ich sage nur ›Susi‹!«

»Das mit der Susi, das war keine Beziehung!«

»Natürlich war das eine Beziehung!«

»Sonja, das war keine Beziehung!«
»Camphausen, du warst mit der im Bett. Mehrmals!«
»Genau. Und deshalb ist es keine Beziehung! Eine Beziehung hat man nicht, wenn man zusammen ins Bett geht. Eine Beziehung hat man, wenn man abends zusammen auf dem Sofa sitzt und den Katalog von ›Manufaktum‹ durchblättert. Oder nach Neapel fährt, um sich alte Amphitheater anzugucken.«
Aus! Ende! So darf das Gespräch mit der Sonja nicht laufen. Hab ich schon wieder die Susi drin. Obwohl das doch längst gegessen ist. Eine Episode aus der Vergangenheit. Das mit der Susi versteht keiner. Das mit der Susi war Kunst. Sozusagen eine Installation. Titel: »Humanitäre Explosion«. Oder: »Ohne Worte«. Das war irre. Ich weiß gar nicht, woran das lag. Diese unglaubliche körperliche Anziehung, dieser Prickel. Wahrscheinlich lag das an diesem wahnsinnig geschmeidigen, diesem sinnlichen, gazellenhaften Körper, diesem unglaublich erotischen und fesselnden Körper. Und ihr Körper war auch nicht schlecht.
Und natürlich, dass wir Gemeinsamkeiten hatten. Sie war Hausfrau, ich war Hausmann. Wir hatten Themen. Ja. Wir hatten nicht nur Sex. Wir haben zusammen gebügelt. Wir haben Filme geguckt. Und das war das Tolle, was auch den Unterschied ausmachte zwischen Sonja und Susi. Sonja ist intellektuell, sie ist schnell im Kopf, vielseitig inter-

essiert. Und Susi ist einfach ... um es positiv zu formulieren ... intellektuell herausgefordert. Ich will nicht sagen dumm. Nein, sie ist nicht dumm. Sie denkt nur nicht so gern. Schon als ich am ersten Abend mit ihr weg war. Da hat sie versucht, mein Sternzeichen zu raten, und hat 14 Anläufe gebraucht. Sie hat allein dreimal »Widder« gesagt. Aber ich fand das entspannend. Die Nachmittage mit ihr vor der Glotze. Sonja wollte immer Kunstfilme sehen. Tarkowski, Bergman, Wim Wenders. Ist ja alles gut und schön. Aber das hält doch kein Schwein aus. Wim Wenders. Der deutsche Weltstar. Klar, die Filme von dem gibt's in allen Ländern. Aber ich wette, in zwei Drittel der Länder laufen die nicht im Kino, sondern werden in der Apotheke auf Rezept verkauft. Als Betäubungsmittel.
Überhaupt der deutsche Film. Sonja hatte es auch immer mit dem deutschen Film. Entschuldigung, ich kann das nicht mehr sehen. Ja. Beim Film fahren wir doch ganz weit hinten mit. Alle anderen europäischen Länder kriegen mindestens einmal im Jahr einen vernünftigen Film hin. Die Italiener, die Franzosen, sogar die Dänen. Die haben Dogma. Oder die Engländer. Die haben ihre Working-Class-Filme. »Ganz oder gar nicht«, »Brassed off«. Filme, die gesellschaftliche Realität zeigen. Arbeitslosigkeit, Armut. Aber bei uns? Was kriegen wir zu sehen? Immer Heiner Lauterbach. Deutschlands Beitrag zur Primatenforschung. Und an seiner Seite immer Veronica Ferres. Der

sprechende Pfannkuchen aus Schwabing. Und dann am besten noch Jenny Elvers. Können Sie sich vorstellen, man macht mit denen einen »Working-Class-Film«? »Die Weber« von Hauptmann?
»Die Weber, zwei, die zweite. Stopp. Nein, Heiner, ich hab dir schon tausendmal gesagt: Du bist der rote Bäcker. Du sollst nicht mit offener Hose auftreten und stöhnen. Nein, auch nicht, wenn in der Regieanweisung steht: Bäcker betritt erregt den Raum. Du bist erregt, weil du deine Arbeit verloren hast und nicht weiter weißt. Nein, Veronika, das sind Weber, die kriegen keine neue Arbeit, wenn sie mit dem Regisseur schlafen. Und noch eins will ich dir sagen, Veronika. Dein Satz in dem Dialog heißt: ›Bäcker, unser Leben ist elend.‹ Und nicht: ›Mein e.on ist aus Wasser.‹ Und Jenny ... es geht hier um die Philosophie von Karl Marx. Marx. Du musst den nicht in Karl Euros umbenennen. Und an alle. Mit dem Kampf der Klassen sind nicht die S-Klasse und die E-Klasse gemeint.
Und das alles blieb einem bei der Susi erspart. Die guckte am liebsten Walt-Disney-Filme. Den »König der Löwen«. Und sogar da musste ich ihr in der Mitte die Handlung erklären. Mit Susi musste ich auch nicht immer über Politik diskutieren. Die hatte da gar keine Ahnung von. Schröder, Scharping, Fischer. Keinen Schimmer. Schily? Da dachte die, das ist ein Gewürz. Sie wollte auch nicht dauernd nach Umbrien fahren wie Sonja. Auf den Spuren der Etrusker. Bei der Bullenhitze sich den

antiken Schrott angucken. Oder zur Biennale. Susi wollte immer mit mir eine Kreuzfahrt machen. Abhängen auf der MS Europa. Wir beide in der Karibik. Aber ich hab das abgelehnt. Weil das nur Ärger gegeben hätte mit Sonja. Und außerdem hatte ich Angst. Nein, nicht dass der Kahn untergeht. Schlimmer. Dass ich irgendwann aus meiner Koje komme, und vor mir steht Sascha Hehn.
Aber egal. Um die Susi zu treffen, brauchte ich keine Kreuzfahrt. Da reichte ein freier Vormittag, eine Stunde am Nachmittag oder eine Klassenpflegschaftsversammlung. Da haben wir uns auch zum ersten Mal getroffen. Ich war wie immer für den Tobias da. Thema: Neue soziale Lernstrategien zur Eindämmung der Gewalt an Schulen. Referentin: Schulpädagogin Dr. Mechthild Wolpertzheim-Baschrami. Dagegen ist das Wort zum Sonntag ein erotischer Politthriller. Und während die redet und redet und redet, geht die Tür auf, und rein schwebt die Susi.
Erst dachte ich, was macht denn Julia Roberts im Fahrradkeller vom Schiller-Gymnasium? Der Teint wie ein unbehandelter Paradiesapfel, Pelzmantel aus Zobel. Die Frau Wolpertzheim-Baschrami fängt an zu stottern, und ich lege instinktiv los: »Meine Damen und Herren, liebe Lehrer! Die Ausführungen von Frau Dr. Wolpertzheim-Baschrami in allen Ehren, aber Sie alle hier machen mir nicht den Eindruck, dass Sie bereit sind, sich für Ihre friedlichen Strategien im Ernstfall, wie seinerzeit Mahatma

Gandhi, dann auch erschießen zu lassen. Die Schule wird aber so lange ein Ort des Hasses bleiben, bis eine völlig neue Generation von Lehrern tätig ist, womit in den nächsten 100 Jahren nicht zu rechnen ist.« Tumult! Zwischenrufe: »Schnauze!« »Stellen **SIE** sich doch mal einen Tag vor eine Klasse hin!«

»Herr Direktor Meier-Dinslaken, ich weiß, wovon ich spreche. Ich bekomme heute nach 35 Jahren immer noch das Kotzen, wenn ich an meiner ehemaligen Penne vorbeigehe. Und dass sich seitdem nichts geändert hat, erlebe ich tagtäglich an meinem Sohn Tobias. Frau Deutschlehrerin Neukirchen-Vluyn, es ist doch eine Tatsache, dass in Bordellen die Mordrate geringer ist als an Schulen. Und der Grund ist einfach der: Bordellbesuche machen Spaß!« Wieder Zwischenrufe: »Maul halten, sonst rufe ich die Polizei!!«

»Sehr gut, Herr Mathelehrer Schmitz-Rommerskirchen. Besser noch, Sie holen die Bundeswehr! Sonst hole ich sie. Und damit komme ich zu meinem Antrag: Ich fordere die Zusammenlegung von Kasernen und Schulen sowie die damit verbundene Bewaffnung aller Lehrer und Schüler. Des Weiteren ist das Hauptpflichtfach ›Wehrdienst‹ einzuführen, auch für die Schülerinnen. Die Ausbildung liegt ausschließlich in den Händen von Berufssoldaten. Der Schuldress ist der NATO-Kampfanzug. Dadurch wird gleichzeitig der Markenklamottenstress der Schüler untereinander abgeschafft. Die Vorteile liegen auf der Hand: Jeder

Lehrer und Schüler kann einen möglichen Amokschützen sofort niederstrecken. Außerdem fällt der unbezahlbare Wehrdienst nach dem Schulabschluss weg. Im Gegenteil: Jeder Schüler verlässt die Schule mit einem militärischen Dienstgrad und steigt gegebenenfalls mit diesem in die deutsche Berufsarmee ein. Mein Antrag ist absolut verfassungskonform. Wenn wir schon nach einem Terroranschlag in den USA uneingeschränkt solidarisch in aller Welt umherballern, so muss dies auch für Deutschland selbst gelten. Und es ist doch absurd, dass unsere Bundeswehr im Kosovo oder in Afghanistan nagelneue Schulen hinstellt, während unsere aussehen wie Dresden 1945!! Ich bitte, meinem Antrag zu entsprechen!«

Riesenaufstand! Der Chemielehrer Tünnes-Overath will mich mit Nitroglycerin in die Luft sprengen, Frau Dr. Wolpertzheim-Baschrami stimmt »We shall overcome« an, einzig ein 50-jähriger pensionierter Bundeswehrgeneral plädiert für meinen Antrag – und die Susi. Beide schleusen mich durch die aufgebrachte Meute, rein in Susis 500er Daimler SLK, und zehn Minuten später sitzen wir beide in der »All Bar Number One« bei einer Flasche »Rothschild brut cardinal« und Beluga-Kaviar mit eisgekühltem Zitronenschaumtoast. Das war seit Jahren die erste Nacht, die ich nicht zu Hause verbracht habe. Ich sag am nächsten Tag zum Tobias: »Junge, hör zu. Ich weiß, was los ist. Ich werde morgen mit dem Direktor sprechen ...«

»Camphausen, lass das ja bleiben! Ich habe dir schon x-mal gesagt, halt dich aus der Schule raus! Ich interessiere mich schon nicht dafür, warum dann eigentlich du? Die Lehrer waren heute so lieb zu mir wie noch nie. So macht Schule Spaß. Ich bin dermaßen motiviert. Wenn das so weitergeht, schaff ich die Klasse mit links.«

Na also. Konnte ich mich öfter mit Susi treffen, ohne den Tobias zu vernachlässigen. Und die Sonja hat davon auch profitiert. Ich war am Abend immer gut gelaunt. Tagsüber mit Susi ins Wellness-Bad, mal bei einer Boutique-Eröffnung rumgestanden, dabei fiel meistens ein Anzug für mich ab, dann wieder eine Vernissage, und regelmäßig vor dem Nachhausegehen zum Franzosen-Nobelimbiss, zack, das Abendessen mitgenommen, Susi hat immer ausgesucht und bezahlt, zack, in den Mikrogrill rein, und wenn die Sonja kam, stand ich im feinen Zwirn vor ihr. Einmal habe ich mich an einem grauen Montagabend mitten in der Küche splitternackt vor ihr ausgezogen. Und wie reagiert sie?
»Camphausen. Lass das jetzt. Ich muss heute Abend noch das Aktiendepot von Frau ... was weiß ich, Alice Schwarzer kalkulieren. Die will morgen einen Vorschlag zur Gewinnmaximierung sehen.«
Gut, dachte ich mir, wer nicht will, der hat schon – und habe den schwedischen Blumenkranz wieder an die Haustür gehängt.

Ich weiß schon, wo der Hund begraben ist. Die Sonja hat einfach keinen Bock mehr auf ihren Beruf. Das wird's sein. Sagt sie natürlich nicht. Weil sie die Frauenpower raushängen lassen muss. Vermögensberaterin. Den ganzen Tag den Leuten das Geld aus der Tasche ziehen. Das ist für eine Frau nichts. Ich werde ganz einfach zu ihr sagen: »Sonja, schmeiß hin. Ab jetzt geht Camphausen auf berufliche Jagd!« Für mich kein Problem. Eine Firma habe ich schon. »Camphausens Bildungsflitzer Europa 3000«.

Das ist meine Reaktion auf die Bildungsmisere. Ich habe das als nationale Verpflichtung empfunden. Nach den verheerenden Ergebnissen in der PISA-Studie. Ja, die deutsche Schulbildung ist die schlechteste in Westeuropa. Wir sind das dümmste Volk der westlichen Welt. Oder konkret gesagt: Über 80 Prozent der Deutschen sind nachweislich zu doof, ein Loch in den Schnee zu pinkeln. Bei den meisten liegt der IQ noch unter der Schuhgröße. Jeder Deutsche bekommt in seinem Leben über 10 000 Stunden Schule. Und wissen Sie, was davon am Ende hängen bleibt? Das ABC, die vier Grundrechenarten und alles über Sexualkunde.

Hamburger Schüler zum Beispiel machen in der 11. Klasse in einem Diktat von 60 Wörtern im Schnitt 24 Fehler. Die ersten meistens schon, wenn sie ihren Namen schreiben sollen. Und lesen ... können Sie ganz vergessen. Bei der Frage: »Kennt ihr Goethe und Schiller?«, da antworten die meisten deutschen Schüler inzwischen: »Klar, ich weiß nur nicht, in welchem Verein die gespielt haben.« Die gucken lieber SAT 1 und Pro 7. Wenn man denen heute den »Faust« vorsetzen will, dann muss man schon den Titel ändern: »Gretchen, schwanger und im Gefängnis«. Und in Geschichte das Gleiche. Mit dem Namen Bismarck können von 100 deutschen Schülern nur zehn was anfangen. Und davon meinen noch neun, der wäre der Mann, der den Hering erfunden hat. Am schlimmsten ist es in Bremen. Da ist das Niveau so runtergeschraubt, da haben die Gymnasien inzwischen schon den gleichen Lehrplan wie die Baumschulen. Klar. Nach 20 Jahren SPD-Schulpolitik. Gesamtschule, Mengenlehre, Diskussionen. Ja, im Unterricht wurde in SPD-Ländern doch nicht mehr gelernt. Da wurde diskutiert. Sogar in Mathe: »Dreisatz: Was macht das mit euch?« Und Effekt: In keinem Bundesland wissen die Leute weniger über Mathe als in Bremen. Da gibt es Schulabgänger, die können zum Teil nicht bis drei zählen. Müssen Sie mal drauf achten. Wenn ein Bremer beim Bäcker drei Brötchen will, dann sagt der: »Geben Sie mir zwei und legen Sie noch eins

dazu.« Das sind die bleibenden Schäden, die die SPD anrichtet. Die unterscheiden sich natürlich fundamental von denen in den CDU-Ländern. Das sieht man schon in den Schulbüchern. Schauen Sie sich nur mal eine Textaufgabe für die 10. Klasse in Nordrhein-Westfalen an. SPD-Bildung: »Mutter war auf dem Markt. Sie hat drei Äpfel, zwei Birnen und eine Aprikose gekauft. Schätze grob, wie viele Stücke Obst sie insgesamt hat, und diskutiere das Ergebnis in Kleingruppen unter Berücksichtigung der Zuwanderungsproblematik.«
Dagegen sind die Aufgaben in Bayern schon viel komplizierter: »Auf einem Konto liegen 12,73 Millionen Euro, auf einem anderen 3,19 Millionen Euro und auf einem dritten 4,36 Millionen Euro. Wie viele Euro liegen insgesamt auf der Bank, und wie kriegt man die Kohle unauffällig in die Schweiz?«

Aber woher kommt das alles? Diese Bildungsmisere? Ich denke, vom Fernsehen. Auf die Frage, wer der intelligenteste Deutsche aller Zeiten ist, da sagen heute die meisten: Günther Jauch. Jeden Tag fünf Quiz-Shows. Das deutsche Bildungswesen ist total verjaucht. Wir wissen nix, wir raten. Und der Effekt zieht sich schon durch die ganze Gesellschaft. Ich war letztens bei einer Hochzeit. Als der Bräutigam gefragt wurde: »Wollen Sie die Frau heiraten«, da hat der gesagt: »Weiß nicht genau, sagen Sie mir erst mal die vier Antwortmöglichkei-

ten.« Aber klar, bei unseren Schulen kann ja auch nichts Vernünftiges rauskommen. Deshalb mein »Bildungsflitzer Europa 3000«.
Ich habe den Laden mal gegründet, weil immer alle was von mir wollten. Natürlich unbezahlt. Wie man das von Hausfrauen so erwartet. Der Franz Schaeffgens vom Kleeblatt ruft an: »Hör mal, Camphausen, ich habe heute Abend ein Arbeitsessen mit Justus Franz. Der will eine Million Gewinn bringend bunkern. Erkundige dich mal, welches Werk von welchem Komponisten der momentan gegen die Wand dirigiert, und schick mir ein, zwei Seiten rüber.« Die Frau vom Volker, Zahnärztin, schreit ins Telefon: »Camphausen, morgen kommt die Merkel. Will sich die Zähne komplett neu machen lassen. Das Ost-Asbest endlich raus. 25 Implantate in einem Gesamtwert von 41 000 Euro. Stell mir mal auf drei Seiten die neuesten Witze über die SPD und GRÜNEN zusammen!« Irgendwann habe ich mal gesagt: »Leute, ab heute nehme ich Geld.« Und ab ging die Post. Riesenidee. Ich denke, ein, zwei Jahre, und ich geh damit an die Börse. Ja, wie ist es denn im alltäglichen Leben? Es wirkt peinlich, wenn es auffällt, dass man nur Geld, aber keine Bildung hat. Stellen Sie sich vor, Sie bewerben sich bei der Unternehmensberatung »Boston Consulting Group«. Sie haben die ersten Verhöre gut überstanden, aber plötzlich wollen die Geschäftsführer testen, ob Sie auch kulturell was auf dem Kasten haben, und laden Sie in die »Zau-

berflöte« ein. Sie denken wie 70 Prozent aller Deutschen: »›Zauberflöte?‹ Was soll das sein? Wahrscheinlich eine asiatische Bezeichnung für die männliche Erektion.« Eine Unverschämtheit, denken Sie sich. Was fällt denen ein, mich in ein Bordell zu bitten. Aber schlau wie Sie sind, rufen Sie bei meiner Firma an und kaufen sich für schlappe 200 Euro den Satz, den Sie im Foyer der Oper so ganz nebenbei mit souveränem Understatement fallen lassen: »Meine Herren, ich freue mich sehr auf die heutige Opernaufführung, bin allerdings gespannt, ob man der Inszenierung den Konflikt zwischen Mozart und Salieri anmerkt, was seinerzeit nur der Dirigent Harnoncourt 1982 beim Opernfestival in Edinburg geschafft hat.« Zack! Die liegen flach. Und für Sie sind die 200 Euro plötzlich 20 000 pro Monat wert.

So, liebe LeserInnen, nun mal was ganz anderes. Ich habe folgende Schwierigkeit: Und zwar müsste ich das Bad putzen. Falls die Sonja wirklich noch kommt. Aber das dauert erstens länger, und zweitens vermute ich, dass der Vorgang für Sie relativ unerotisch ist. Was machen wir denn da? ... Das ist blöd jetzt ... Moment, ich hab's. Ich putze das Bad später. Wenn Sie mit dem Buch zu Ende sind. Und mir ist das auch lieber, weil ich dann mehr Ruhe habe. Lieber probiere ich den Anzug für morgen schon mal an. Das ist ein ganz besonderes Stöffchen. Ein echter »Mooshammer« aus München. Den hat der Mooshammer ursprünglich mal für sich selbst machen lassen. Mal sehen, ob der noch passt. Moment mal, das werden wir gleich sehen ... Nicht zu fassen. Wie angegossen. Wie der Mooshammer das schafft?! Egal, ob Sie ab- oder zunehmen, der Anzug passt immer. Ich bin noch nicht dahinter gekommen, wie das funktioniert. Angeblich sind in die Nähte Chips eingebaut, die sofort auf die neuen Körpermaße reagieren. Aber wie nimmt die Stoffmenge zu und ab? Ich kapiere das nicht. Aber egal. Hauptsache, er passt.
Da wird die Sonja hintenüberkippen, wenn die mich so sieht. Da ist der Sulzer auf einen Schlag

aus dem Rennen. Der begeht sofort Selbstmord. Wegen ästhetischen Versagens.
Ja, ich muss morgen runter nach Süddeutschland. Ins Remstal. Nach Übach-Stümpflesberg. Da hat mein Sohn Tobias Taufe. Das heißt, er nicht, sondern meine Enkelin. Julika. Und da kann ich nicht mit meiner Lederjacke antanzen. Wenn ich mit der über den Checkpoint am Ortseingang fahre, schießen die sofort. Die denken, ich bin von Al Qaida und will eine Besenwirtschaft überfallen. Ich freue mich schon richtig auf die Taufe. Erst habe ich mich nicht gefreut, aber dann hab ich gedacht, das ist auch doof. Warum freust du dich nicht? Und wenn man sich nicht freut, dann freut man sich ja auch nicht. Dann dachte ich mir: Camphausen, jetzt freue dich doch mal! Und ich muss sagen, ja ... Nun freue ich mich auch. Allerdings weniger auf die Taufe, sondern auf meine Enkelin.
Ja, ein neuer Mensch auf der Welt ... da ist ein Mooshammer-Anzug doch das Mindeste.
Gut, eigentlich hab ich den Anzug ja gar nicht vom Mooshammer selbst, sondern von Udo Walz, der in Berlin seinen Promi-Friseursalon betreibt. Wobei »Frisörsalon« ungenau ist. Udos Frisörladen ist eher eine riesige VIP-Lounge. Aber der internationalen Sonderklasse. Dagegen ist die Senatorlounge der Lufthansa ein Obdachlosentreff. Bei Udo ist schon alles Mögliche ausgedealt worden. Der Beckenbauer hat da dem Blatter die WM 2006 abgekauft, Gorbatschow und Bush haben dort den

Fall der Berliner Mauer beschlossen, Schröder und Olaf Henkel treffen sich da regelmäßig zum »Bündnis gegen Arbeit«, der Stoiber hat bei Udo den Lothar Späth exhumiert. Der übrigens erst zweite Wahl war. Ich hatte nämlich den Filbinger vorgeschlagen. Der hätte es auch gemacht. Stoiber war anfangs noch begeistert, aber dann wurde der Filbinger plötzlich unverschämt und wollte zum Wirtschaftsministerium noch das Ressort Justiz dazuhaben, um die letzten Fahnenflüchtigen aus dem Zweiten Weltkrieg noch schnell zu verurteilen. Und plötzlich wurde der Stoiber unsicher und hat dann von sich aus den Späth angerufen. Ich habe mit dem Udo ein Jointventure-Abkommen. Ich liefere ihm über meine Firma »Camphausens Bildungsflitzer 3000« jede Menge Informationen, er schneidet mir dafür die Haare und gibt an mich alle Geschenke weiter, die er von den Promis bekommt. Da kommt jede Woche ein Päckchen an. Sei es eine handsignierte Kiste Wein vom Schily von dessen eigenem Weingut in der Toskana, super Wein ... zum Kochen, oder ein vergoldeter Kugelschreiber mit der Gravur vom Schröder, ein halbes Bio-Spanferkel von der Künast, ein Gutschein für eine Zahnwurzelbehandlung von der Ulla Schmidt, frischer Kloßteig aus Weihenstephan vom Michael Glos. Das Wertvollste, das ich bisher bekommen habe, ist ein gebrauchtes Haarnetz von der Merkel. Das habe ich in den Safe gelegt, für die Alterssicherung.

Ja, und dafür wollen die Promis natürlich jede Menge Zukunftsvisionen von ihm, sonst wechseln die den Frisör. Und die muss ich liefern. Manchmal gelingt es, manchmal nicht. Allein wenn ich dran denke, wie nervös der Udo und ich waren, als wir dem Stoiber die Katharina Reiche vorgestellt haben. Um elf Uhr war der Termin in seinem Salon. Der Udo war ab sieben Uhr in der Früh mit ihrer Frisur beschäftigt, um 10 Uhr war die Modeschwuchtel Joop aus Potsdam mit dem Kostüm noch nicht da, Udo schrie immer: »Camphausen, wenn das nicht klappt, dann kann ich mir die Kugel geben. Eine Frau mit Kind, katholisch, aber nicht verheiratet und schon wieder schwanger. Und dazu noch gut aussehend. Die Merkel schüttet mir Salzsäure ins Gesicht, und der Kardinal Ratzinger verhängt über mich die vatikanische Fatwa!«
Es war genau umgekehrt. Ich wusste das. Einer wie der Stoiber, der dauernd betonen muss, dass es eine Riesenleistung ist, mit ein und derselben Frau 30 Jahre verheiratet zu sein, der aber, oder gerade deshalb, bereits seit 27 Jahren diesen schwedischen Blumenkranz an der Haustür hängen hat, der kann gar nicht anders, als dem Neuen gegenüber aufgeschlossen zu sein. Dagegen läuft man bei der alten Tante SPD eher gegen Beton. Was habe ich mir für die Genossen alles einfallen lassen. Zum Beispiel eine revolutionäre Plakataktion. Ich sage zu Udo: »Udo«, sage ich, »sag dem Münte, er soll

nur weiße Plakate aufhängen lassen. Keine Schrift, kein Bild, nix. Höchstens unten in der Ecke, aber ganz klein: spd. Ein paar Buntstifte daneben hängen, damit die Kinder was zum Malen haben, während die Mutter einkauft.« Wir erleben in Deutschland nämlich gerade eine ganz fundamentale Trennung von Volk und Politik. Ihr habt vielleicht die Macht. Aber es interessiert sich keine Sau mehr für euch. Die Leute wollen euch nicht mehr sehen. Ihr habt zwar die Macht. Das ist aber allen inzwischen egal.

Die Gewerkschaften kennen den Zustand schon seit Jahren. Die können überall mitreden. Können jede Reform stoppen. Jeden neuen und innovativen Gedanken torpedieren. Und das ganze Land fragt sich zunehmend: Warum? Als letztens 1. Mai war ... Grillfest des DGB in der Kölner Fußgängerzone. Schirme, Luftballons, der obligatorische LKW, darauf der Gewerkschaftssekretär mit dem Megaphon. Im roten Pullunder. Und davor? Niemand. Keiner da. Kein Hahn kräht mehr nach den Gewerkschaften. Viele wissen gar nicht mehr, was das überhaupt ist. Ja, wenn Sie normalen Deutschen sagen: »Heute ist Versammlung bei Verdi«, dann bringen die ein Opernglas mit. Jedes Jahr verlieren die eine Million Mitglieder. Nach einer Umfrage bei Allensbach ist der DGB inzwischen ungefähr so beliebt wie ein offenes Bein am Strand. Gerade bei den Jungen. 1960 lautete der DGB-Slogan noch: »Schon Vatis Opa war dabei, 70

Jahre 1. Mai.« Inzwischen heißt der: »Nur Vatis Opa ist dabei, sonst kommt kein Schwein zum 1. Mai!« Und ist ja auch klar, die Forderungen der Gewerkschaften sind immer nach hinten losgegangen. 1971: »Samstags gehört Papi mir!« Mal ehrlich: Wer will das? Das empfinden doch 99 Prozent der Familien inzwischen als Drohung. Oder 1973: »Weniger Arbeit, mehr Freizeit.« Was hat das gebracht? Mehr Freizeit. Wissen Sie, was die Deutschen in ihrer Freizeit machen? Nach einer IBM-Studie schauen sich deutsche Männer pro Monat 360 Minuten Sex-Seiten im Internet an. 360 Minuten Computer-Sex. Wenn die am Wochenende mit ihrer Frau im Bett liegen, fangen die erst mal an, die Maus zu suchen. Ist das das Ergebnis von 100 Jahren Arbeiterbewegung?

Vielleicht sind die deutschen Gewerkschaften aber auch zu wenig sexy. Immer nur nörgeln, das schafft auf Dauer auch keine gesellschaftliche Akzeptanz. Man muss sich doch nur mal die Gewerkschaften in unseren Nachbarländern anschauen. Frankreich. Wenn die streiken, dann streikt das ganze Land. Auf die Barrikaden! Wenn hier die IG Metall streikt, kriegt man das gar nicht mit. Gut, das liegt natürlich auch daran, dass es in den anderen Ländern noch eine richtige Arbeiterklasse gibt. Da gibt es noch Proletarier. Und die sind stolz darauf. Und auf ihre Gewerkschaften. Bei uns wollen alle Mittelklasse sein. Ja, Deutschland ist ja auch das einzige Land weltweit, das den Begriff Proletarier

durch den Begriff Proll ersetzt hat. Nur, das ist ein himmelweiter Unterschied. 50 000 Proletarier, die zusammenstehen, das ist der Anfang einer Revolution. 50 000 Prolls, die zusammenstehen, das ist ein Wolfgang-Petry-Konzert. Und deshalb hab ich auch zum Udo gesagt: »Udo, wenn du den Münte siehst, sag: Münte, das Volk hat von euch Politikern die Schnauze voll. Deshalb schreibt einfach nichts auf die Wahlplakate. Das wird man euch danken.« Und? Was drucken die Deppen bei der letzten Wahl dick auf die Werbewände? »Erneuerung, Verantwortung, Zusammenhalt«. Da können sie doch gleich drauf schreiben: »Waschen, schneiden, legen«. Und dazu die Visage vom Schröder.
Also wenn schon ein Foto, dann wenigstens von jemandem, den die Leute mögen. Schumi zum Beispiel. »Udo«, sag ich, »sag dem Münte, er soll zusehen, dass er den Schumacher für die SPD gewinnt. Die paar Millionen an Honorar, die der Schumi dafür haben will, müssen doch von der Kölner SPD noch in der Schweiz rumliegen. Und dann könnt ihr auch wieder was auf die Plakate drucken: ›Sozi und Schumi. Die Roten müssen zusammenhalten!‹ Und damit habt ihr auch gleich ein bahnbrechendes Programm für die Bildungspolitik: ›Schulhöfe zu Go-Cart-Bahnen!‹ Ich wette, 100 Prozent der Erstwähler sind auf eurer Seite.«
Abgelehnt. Und noch viel schlimmer. Fühlten sich verarscht. Die SPD-Oberindianer wollen den Udo plötzlich boykottieren. Aber der Udo übersteht

das. Der kann ja allein schon vom Verkauf der Karten für die Talkshow-Gäste bei »Sabine Christiansen« leben. Ja, der vertickert in seinem Salon meistbietend die Einladungen. Die Frau Sabine hat mit ihrer Sendung schon seit langem das Parlament ersetzt. Und wer als Politiker vorkommen will, muss zu ihr. Im Grunde kann man sagen: Deutschland wird von einem Friseursalon aus regiert. Und so sehen wir auch aus.

Auf allen Gebieten sind wir Letzter. Wirtschaftswachstum: Letzter. Bevölkerungswachstum: Letzter. Arbeitsplätze: Letzter. Fußball: Haarscharf vor Nigeria. Bildung: Haarscharf hinter Nigeria. Ja, da kriegt man doch Komplexe. Früher hieß es »Deutschland, Deutschland über alles«. Heute: »Alle, alle über Deutschland«. Wir sind der Arsch der Welt. Und wer liegt vorne? Finnland. Und wir dachten immer, das wäre der Arsch der Welt. Finster. Kalt. Ein Land, wo nur gesoffen wird. Ja, man kennt doch die Sprüche: »Was muss ein Finne trinken, um auf 0,8‰ zu kommen? Eine Woche nur Wasser.« Ein Land, wo nichts los ist. Wo keine Sau lebt. Das ist so dünn besiedelt, der normale Finne muss im Schnitt 130 Kilometer zurücklegen, bevor er einen möglichen Sexualpartner findet. Und das ist in den meisten Fällen ein Elch. Trotzdem ist die Jugend intelligenter als bei uns. Und wodurch? Gesamtschule. Ja, das finnische Schulsystem ist im Prinzip das alte Gesamtschulkonzept der SPD. Aber bei denen klappt das. Weil die nur das Konzept genommen haben und die SPD weggelassen. Der normale finnische Schüler lernt mit zehn Jahren schon seine zweite Fremdsprache. Da fangen sie bei uns gerade mit der ersten an. Deutsch.

Angesichts dieser Misere ist es unfair, den Lehrern die alleinige Schuld in die Schuhe zu schieben. Ich möchte heute kein Lehrer sein. Da gelten Sie gesellschaftlich gar nichts. Der Sohn meines Nachbarn ist Lehrer. Gut aussehend, intelligent, humorvoll, sportlich, mit Waschbrettbauch und allem, aber der findet und findet keine Frau. »Ja«, sagt er, »Herr Camphausen, was soll ich denn machen? Wenn ich nachts um ein Uhr an der Bar auf die Frage einer Frau, was ich denn so beruflich mache, antworte: ›Ich bin Lehrer‹, so schnell können Sie gar nicht gucken, wie die weg ist.« Der Satz »Ich bin Lehrer« gilt heute als das sicherste Verhütungsmittel auf der ganzen Welt.
Da mögen die Politiker noch so schreien: Die Lehrer müssen den Schülern besser beibringen, wie man sich in der freien Wirtschaft zurechtfindet. Ja, Entschuldigung. Wenn ein Lehrer wüsste, wie man sich in der freien Wirtschaft zurechtfindet, wäre er doch kein Lehrer geworden. Und der ist auch ständig überfordert. Allein wie lange es gedauert hat, bis an den Schulen der Umgang mit Computern gelehrt wurde. Aber mit immer weniger Erfolg. Denn immer weniger Schüler haben Lust, das den Lehrern beizubringen. Die brechen lieber die Schule ab und gehen nach Amerika zum Arbeiten. Und nehmen die wichtigen Erfindungen mit. So war es schon immer. Der erste Computer wurde in Deutschland entwickelt. Aber der deutsche Buchhalter hat lieber weiter mit Tinten-

fass und Feder gearbeitet. Das Fax. Kommt auch von uns. Gebaut hat es dann Toshiba. Oder der Transrapid. In Deutschland entwickelt. Im Emsland getestet. Und wo fährt er? In China. 600 Stundenkilometer.

Gut, zu uns kommt er dann in abgespeckter Form wieder zurück. 2006. Als Metrorapid. Von Köln nach Düsseldorf. Mit Zwischenhalt in Köln-Deutz, Köln-Mülheim, Leverkusen, Langenfeld-Ohligs, Dormagen, Dormagen-Bayerwerk, Hilden, Düsseldorf Süd, Düsseldorf Südwest, Düsseldorf Zentrum. Zig Millionen, damit ich fünf Minuten früher in Düsseldorf bin. Entschuldigung. Ich bin Kölner. Was soll ich fünf Minuten früher in Düsseldorf? Aber wahrscheinlich kommt er gar nicht. Bis zum Bau wird man sicher irgendeine seltene Krötenart ausfindig machen, die unter der Bahntrasse wohnt und an die Lautlosigkeit des Zuges genetisch nicht gewöhnt ist.

Und was bleibt uns da noch an Technologie? Gut, die Firma Siemens hat jetzt was erfunden. Das stimmt wirklich. Die haben einen Rasenmäher entwickelt, der einem automatisch den Rasen schneidet, wenn man im Urlaub ist. Aber ob sich das international durchsetzt ...? Keine Ahnung. Ich kann mir jedenfalls nur ganz schwer vorstellen, dass es noch andere Völker gibt, die so bekloppt sind, dass sie auch im Urlaub den Rasen geschnitten haben wollen. Mit so einem Scheiß beschäftigen wir uns. Und auf der anderen Seite immer das Geschrei:

Wir brauchen mehr Unternehmer! Im Dienstleistungssektor. Immer neue Programme wurden aufgelegt: GO, START, UP. Aber was ist dabei rausgekommen? Was für Unternehmen sind gegründet worden? Fahrrad-Rikschas. Und natürlich jede Menge Pizza-Flitzer, China-Flitzer, Mexiko-Flitzer. Bei mir an der Ecke hat jetzt sogar ein Kondom-Flitzer aufgemacht. Werbeslogan: »Wir kommen schneller als Sie.« Nach einer Woche war der pleite. Wer braucht auch solche Dienstleistungen? Dagegen die, die man braucht, kriegt man nicht. In den 60er Jahren kam noch der Milchmann. Früh um sechs. Dann der Brötchenmann. Dann kam der Eiermann. Und der Limomann. Und der Hähnchenmann. Und der Mann von der Hamburg-Mannheimer. Da hatte die deutsche Hausfrau jeden Tag schon mal sechs Service-Möglichkeiten frei Haus. Das war praktisch. Und die Geburtenrate hat es auch nach oben getrieben. Aber so was will ja keiner mehr machen. Es will überhaupt keiner mehr was machen. Arbeit rentiert sich ja angeblich nicht mehr. Aber wenn man dann mal anschaut, was heute schon auf den Schultern der Erwerbstätigen lastet, kann es einem angst und bange werden.

Deutschland hat 80 Millionen Einwohner. Davon sind 18 Millionen Hausfrauen, 17 Millionen Kinder und acht Millionen Rentner. Bleiben noch 37 Millionen Erwerbstätige. Davon sind fünf Millionen

Studenten, vier Millionen Beamte und sonst wie geringfügig Beschäftigte. Davon allein 50 000, die immer neue Steuern erfinden und 450 000 Finanzbeamte, die ständig auf Schulung sind, um die Steuern zu kapieren. Vier Millionen Arbeitslose, zwei Millionen Sozialhilfeempfänger. Bleiben noch 21,5 Millionen Erwerbstätige. Davon sind immer drei Millionen im Urlaub, sechs Millionen arbeiten schwarz, zwei Millionen feiern gerade Überstunden ab, zwei Millionen sind immer krank, drei Millionen sind immer schwanger, eine Million ist immer in Kur, eine Million ist Kurschatten, eine Million steckt im Stau, eine Million hat immer verpennt und 1,5 Millionen verpassen immer den Bus. Bleiben 500 000 Erwerbstätige. Davon sind 300 000 so reich, dass sie nicht mehr arbeiten müssen, 150 000 drehen lieber krumme Dinger, 49 000 sitzen dafür im Knast und 999 gehören irgendeiner Sekte an, die das Arbeiten verbietet. Bleibt genau noch ein Erwerbstätiger übrig. Aber der liegt schon seit 150 Jahren im Grab »Des unbekannten Arbeiters«.

Die Deutschen sind schon komisch. Die Lage wird immer schlechter, aber keiner macht was. Warum auch? Merkt ja keiner.

Manchmal denke ich, ich lebe im Paralleluniversum. Die Leute verdienen immer weniger, aber alle Ferienflüge sind immer ausgebucht. Die Arbeitslosenzahlen steigen, und in den Einkaufsstraßen hängen an jedem dritten Laden Zettel: Mitarbeiter gesucht. Sie brauchen einen Handwerker, aber unter acht Wochen kann der nicht. Und wenn's auf Rechnung gehen soll, kommt gar keiner. Die Armut greift um sich, aber in den teuersten Restaurants kriegt man keinen Platz.
Wie bei diesem Giovanni. »Da Giovanni«, Edel-Italiener. Wenn Sie da einen Tisch haben wollen, müssen Sie einen Monat im Voraus buchen. Und dann sitzen Sie noch direkt an der Tür. Aber das ist gut so. Dann können Sie wenigstens schnell raus. Wenn Sie Ihre Dorade gegessen haben. Dieser Schwachsinn. Dorade. Dorade. Deutschland geht den Bach runter. Und was machen wir? Wir essen Dorade. Dorade. Chrysophrys aurata. Rundfisch mit gekrümmtem Rücken, der in den Farben Rot, Blau und Grauschwarz vorkommt. Ist im Mittelmeer und im südeuropäischen Atlantik vertreten. 60 cm lang, bis zu 1,5 Kilogramm schwer. Davon 25 Gramm Gehirn. 25 Gramm. Ein Tier doof wie Brot. Aber 23 Euro 70. Das war der Grund, wes-

halb mein Verhältnis zum Kleeblatt in die Binsen gegangen ist. Ja. Jahrelang hatten wir uns zum Männer-Stammtisch im Brauhaus getroffen. Immer im Päffgen in der Friesenstraße. Was hat man da schon groß gegessen? Hämchen, Halven Hahn, Flönz. Immer einfach, aber geschmacklos. Dazu 25 Kölsch. Dann war das Essen wieder vergessen. Und bis zum Gehen war regelmäßig ein schönes Plakat fertig, à la Agitprop. So wie früher. Das wurde dann auf dem Nachhauseweg irgendwohin geklebt. Entweder an die Dresdner Bank: »Bürger! Spendet! Wir sind pleite.« Oder an die SPD-Geschäftsstelle: »Bürger! Morgen ab 10 Uhr: Spendenquittungen für alle!« Bis eines Tages Franz, der Versager, ankommt: »Kleeblätter. Wir müssen mal woanders hin. Das Niveau mal heben. Das nächste Mal gehen wir zu meinem Italiener.« Sein Italiener. Ja, jeder Deutsche hat ja heute seinen Italiener. »Da Giovanni«. Der neue IFB. IFB. Italiener für Besserverdienende. Gibt's jetzt in jeder Stadt. Ist Ihnen das mal aufgefallen? Kein Volk der Welt hat seine Restaurants in den letzten 20 Jahren so umgestellt wie die Italiener. Ja, wie war das früher beim Italiener? In den 70er Jahren. Enge Butzen, alle Tische dicht an dicht, auf dem Tisch eine Korbflasche mit einer Kerze drauf. Alles voller Wachs. An der Decke hingen Bastmatten oder Fischernetze mit Seesternen aus Plastik. Und an den Wänden dieser Schmadderputz. Zwanzig Zentimeter dick. Das Ganze stockduster, nur beleuchtet vom Feuer im Pizza-Ofen und den Kerzen. Wie in einer Höhle. Wenn man da reinkam, wusste man doch erst mal gar nicht: Bin ich hier in einem Restaurant oder in Mittelerde? Es hätte einen doch nicht gewundert, wenn auf einmal ein Hobbit oder ein Ork mit der Karte gekommen wäre. Und da gab's grundsätzlich nur Pizza und Pasta. Höchstens noch ein Fischgericht. Frittierte Tintenfischringe. Wo man immer gedacht hat: Ist schon irre, was die Italiener aus alten Einmachgummis alles zaubern können. Aber das war gemütlich. Und heute? Beim Besserverdienenden-Italiener? Da hab ich schon beim Reinkommen den Kaffee auf. Als Erstes wird man umarmt und geküsst. »Buona sera! Che bello, che siete venuti!« Ich hasse das. Dass die Italiener das nicht begreifen. Deutsche küssen sich nicht zur Begrüßung. Nie. Traditionell nicht. Wir mögen das Geknutsche nicht. In Deutschland gibt man sich seit Urzeiten die Hand. Bis das immer mehr aufgeweicht wurde. In den Achtzigern. Mit dem Armschubbler. Können Sie sich erinnern? Immer wurde einem zur Begrüßung am Arm geschubbelt. »Unheimlich schön, dass wir uns treffen, du.« Schubbel schubbel. Ich habe heute noch Jacketts, die sind am Oberarm durch. Vom Schubbeln. Und von da war es nur noch ein kleiner Schritt zu diesem mediterranen Küssen. Mit einer Backe ging's los. Dann wurden's zwei. Heute küssen manche sogar dreimal. Und immer die Frage: Fängt man rechts oder links an?

Und wenn Sie sich einmal falsch entscheiden, kann es sein, dass Sie wildfremde Menschen dreimal auf den Mund küssen.
Das geht schon bis in die Politik. Zum Beispiel Claudia Roth. Von den Grünen. Die Frau, die immer aussieht, als wär sie von van Gogh geschminkt worden. Die küsst ja grundsätzlich jeden. Müssen Sie im Fernsehen mal drauf achten, wenn die jemanden begrüßt: Torkelt auf einen zu, klimpert mit den Wimpern, der Mund wird schon Meter vor dem Zielobjekt reflexartig zur Kussschnute geformt. Und dann geht's los. Knutsch rechts, Knutsch links, rechts, Mitte, sabber sabber ... Da gibt es kein Entkommen. Ich weiß nicht, woran Rio Reiser wirklich gestorben ist, aber ich wette, das Geküsse von der Roth hat ihm den Rest gegeben.
Und dieser Giovanni genauso. »Ragazzi, setze euch, tutto bene? Isse alles in Ordnung?« Dieses Pidgin-Deutsch. Ich werde das nie begreifen. Die Italiener sind seit Generationen in Deutschland. Ich wette, die belegen am Wochenende in der VHS Kurse: Italienischer Akzent für Gastronomen. Und da lernen die bestimmt auch diese klebrige Freundlichkeit. Wenn der schon immer so doof grinsend ankommt: »Amici, kanne ich euche eine Flasche Pellegrino bringen.« Da sehne ich mich nach dem kölschen Köbes im Brauhaus zurück. Wenn man da Wasser bestellt, dann sagt der: »Wasser? Und wat dabei? Handtuch und Seife?«
Aber es ist nicht nur das. Es ist die ganze Atmo-

sphäre bei diesen Italienern, die mich wahnsinnig macht. Karge Wände, meistens noch irgendwie mit so einer Wischtechnik behandelt. In Orange oder Creme. Nur so ganz leichte Farbspuren auf der Wand. Sodass man sich immer fragt: Wieso kann so ein Luxusladen keinen Maler bezahlen, der die Wände auch zu Ende streicht. Oder soll das eine italienische Tradition sein? Wände mit Wischtechnik? Ich kann mich nicht erinnern, dass Michelangelo oder Tiepolo die Wände verwischt haben. Die waren ausgemalt. Komplett. Und das war gut so. Und natürlich läuft beim Besserverdienenden-Italiener immer Andrea Bocelli. Das singende Tiramisu aus der Toskana. Der blinde Sänger. Obwohl das für mich kein Problem ist. Ehrlich. Ich find es normal, dass ein Sänger auch mal blind sein kann. Aber ich find's nicht normal, dass alle seine Zuhörer taub sind. Außerdem, wenn man immer singt »Time to say goodbye«, dann sollte man sich auch irgendwann mal an seinen Text halten. Und verschwinden. Aber der singt immer weiter.
Und das ist ja nicht mal das Schlimmste. Das Schlimmste sind die Rituale beim Besserverdienenden-Italiener. Wenn Sie sich an die nicht halten, haben Sie ausgespielt. Dann sind Sie gesellschaftlich weg vom Fenster.
Es gibt drei Grundrituale. Ritual eins: Man kriegt zwar eine Speisekarte, aber man darf niemals auch nur eine Sekunde lang daran denken, etwas davon zu bestellen. Nie. Beim Besserverdienenden-Italie-

ner schaut man die Karte kurz an, dann schlägt man sie wieder zu und sagt in einem Ton wie Marlon Brando in »Der Pate«: »Giovanni, was kannst du uns denn empfehlen, was nicht auf der Karte steht?« Der Deutsche schätzt den Besserverdienenden-Italiener, weil der ihm das Gefühl gibt, etwas Besonderes zu bekommen. Etwas Individuelles, Einzigartiges. Und natürlich gibt's das auch: »Ah, Signore, ich empfehle heute die wunderbare Rucola mite Balsamico unde Parmigiano.« Das ist schon mal klar. Wenn man was empfohlen bekommt, ist das immer irgendwas mit Rucola. Da können Sie drauf wetten. Rucola drunter, Rucola drüber, Rucola gebraten, Rucola gedünstet, Rucola geschmort, Rucola mit Lamm, Rucola mit Leber, Rucola als Carpaccio. Rucola, Rucola, Rucola! Dieses Unkraut! Das hat selbst meine Mutter im Krieg am Wegesrand stehen lassen. Heute verkauft mir den der Italiener für 12 Euro das Blatt. Aber alle bestellen den Mist. Und zwar nach Ritual Nummer zwei. Und das heißt: Sie müssen beim Besserverdienenden-Italiener auf Italienisch bestellen. Egal, ob Sie's können oder nicht. Und wenn's eine halbe Stunde dauert.
Hat der Franz, der Idiot, natürlich auch gemacht. Und sein Italienisch ist schlechter als Trappatonis Deutsch. Allein über die Art und Weise, wie er das Wort »Gnocchi« ausgesprochen hat, könnte sich ein Hals-Nasen-Ohrenarzt habilitieren. Der sagt Gnockdschis. Zum Teil rutscht ihm sogar noch La-

tein in sein Italienisch. Aus dem Gymnasium. »Ave Giovanni, famituri te salutant.« Die Hungernden grüßen dich. Aber Hauptsache, er kann den Südländer raushängen lassen. Macht der immer. Er fährt auch im Urlaub mit seiner Ulrike jedes Jahr nach Italien. Manchmal zweimal. »Wisst ihr, Freunde, diese südländische Lebensart. Irgendwie bin ich ja auch ein Italiener.« Er. Italiener. Ich sag: »Franz, du bist so italienisch wie ein Eisbein. Guck dir die Italiener doch mal an. Den Giovanni. Dunkle Augen, dunkle Haare. Der hat eine Brustbehaarung wie die Vegetation auf Sardinien. Deine sieht aus wie Helgoland. Italiener haben dunkle Haut, du siehst aus wie ein Mozzarella nach der Obduktion.« Und seine Frau genauso. Knallweiß und total sonnenempfindlich. Ja. Wenn die beiden nur eine Minute an der Sonne sind, da fragt man sich schon: Sind das Franz und Ulrike? Oder ist das die rot-rote Koalition? Der braucht Sonnenmilch mit Lichtschutzfaktor 60. Gibt's nur in der Apotheke. Das ist die Creme, mit der Michael Jackson weiß geworden ist. Aber »Irgendwie bin ich auch Italiener«. Nur weil der ein paarmal in Florenz war. Und sich die Kunst angeschaut hat. »L' arte!« Dabei hat der von Kunst gar keine Ahnung. Wenn der »Fresco« hört, dann meint der, es gibt was zu essen. Aber mit mir diskutieren wollen. »Du bist doch aus Köln nie rausgekommen. Ich fahr immerhin jedes Jahr in die Toskana.« Ich sag: »Toskana, Franz, das hat mit Italien nichts zu tun.

Die Toskana ist das Disneyland für deutsche Studienräte. Außerdem ist man noch kein Südländer, nur weil man eine Eros-Ramazotti-Cassette in seinem Volvo hat.« Ja, stimmt doch. Fahren Sie mal in die Toskana. Da sind nur Deutsche in Volvos. Oder beim Mountain-Biking. Das machen nur Deutsche. Ich hab das beobachtet. Bei Siena. In der Mittagshitze. Die Männer vorneweg mit der Karte und dem Tachometer, die Frauen hinterher, beide hecheln wie Jan Ulrich in Alpes d'Huez. Dazu Helme und diese knallbunten, superengen Radfahrer-Klamotten. Diese Anzüge, wo man sich immer fragt: Warum haben die sich beim Sex das Kondom komplett übergezogen? Und das soll italienisch sein? Darüber lachen sich die Italiener kaputt. Aber Franz muss auf Italienisch bestellen. »Gnockdschis.« »Quattro Proseckis.« Da könnte ich schreien. »Proseckis.« Das Gesöff heißt »Prosecco«. Auch im Plural. So wie »Riesling«. Da bestelle ich doch auch nicht »Vier RieslingIS«.
Und als Hauptgericht natürlich Dorade. Empfehlung von Giovanni. »Ganze frische reingekommen.« Alle natürlich gleich begeistert. »Dorade! Wir nehmen die Dorade!« Und ich mache den nächsten kapitalen Fehler und frage: »Giovanni, die Dorade, was kostet die denn?« Sie, in dem Moment gucken mich die anderen an, als hätte ich gesagt: »Hose runter, Schwanzvergleich!« Denn Ritual Nummer drei: Beim Besserverdienenden-Italiener darf man nie fragen, was die Gerichte

kosten. Unter keinen Umständen. Man zahlt selbstverständlich jeden Preis. Auch 23 Euro 70. Fast fünfzig Mark! Für einen Fisch. Mir ist bald die Kinnlade in den Rucola gefallen. Waren natürlich wieder alle gegen mich: »Camphausen, das ist unhöflich. Das ist nicht zu viel für einen frischen Fisch.«

»Frischer Fisch. Entschuldigung. Der ist vor Sardinien gefangen, in Sizilien ausgenommen, in Brindisi verpackt, in Nizza auf den Großmarkt verkauft, in Malaga gewogen und kommt dann über Wien, Budapest und Helsinki nach Deutschland. Frischer Fisch ... Dass ich nicht lache. Bis der vom Mittelmeer in Köln ist, ist der so alt, da kann man den siezen.« Und dafür 23 Euro 70. Franz wurde direkt sauer. »Mein Gott, Camphausen, weißt du, was du bist? Ein Fun-Blocker. Sei doch mal ein bisschen italienisch. Das kann man doch hier als Geschäftsessen absetzen.«

»Wie denn? Ich bin Hausfrau und Mutter. Mit wem soll ich ein Geschäftsessen haben? Mit Käpt'n Iglo?«

»Gut«, sagt Volker, »wenn dir das zu teuer ist ... wir sind doch Kumpels. Wir können ja zusammenlegen für dich. Oder wir übernehmen deine Getränke.«

War ich natürlich direkt auf 180. »Was wird das hier? Fisch für die Welt? Ich kann selbst bezahlen. Ich bin ein freier Mann, der sein eigenes Geld ... von seiner Frau bekommt. Ich kann mir die Dorade leisten. Ich könnte sogar zwei Doraden bestellen.

Oder zehn!« Hätte ich besser auch gemacht. Denn haben Sie mal beim Besserverdienenden-Italiener gegessen? Das geht so: Der Kellner bringt den Fisch aus der Küche, komplett gebacken. Den zeigt er Ihnen, und dann sagt er den Satz: »Sinde viele Gräten drin, ich werde dene Fisch für Sie filettieren.« Dann geht er mit dem Fisch wieder in die Küche, kommt zurück, und das, was dann auf Ihrem Teller liegt, ist definitiv nicht das Filet. Das sind allenfalls die 25 Gramm Gehirn. Und Sie sitzen davor und fragen sich: Wie soll ich das essen? In der linken Hand hat man die Gabel, in der rechten Hand das Messer. Aber wie soll man da noch gleichzeitig die Lupe halten? Um dieses Fischmolekül überhaupt wahrnehmen zu können? Ich war total verunsichert. Und dann noch dieser kleine Teller, den Giovanni mir neben den Fisch gestellt hatte. Weiß, leer ... und auch noch dreckig. Ich sage: »Herr Giovanni, Entschuldigung, ich will nicht meckern, mein Teller ist nicht richtig gespült, da sind noch Speisereste dran.« Meint der: »Das sinde keine Speisereste, das sinde die Beilagen.« Das war dann der Moment, wo ich genug hatte.

»So, jetzt reicht's, Giovanni! Vergessen Sie den Fisch. Ich nehm zwölf Pizzabrötchen mit Butter und eine halbe Mailänder Salami. Damit ich wenigstens satt werde.« Fallen wieder alle über mich her: »Camphausen, du kannst nicht genießen. Du weißt nicht, was Dolce vita ist. Dein Problem ist, du kannst einfach nicht glücklich sein.«

»Ich kann einfach nicht glücklich sein ...« So ein Schwachsinn! Das Problem ist, alle anderen sind zu glücklich. Vielleicht ist das ja überhaupt das Kernproblem in Deutschland. Wir sind zu gut drauf. Ja, wie war das denn früher? Als wir noch führende Wirtschaftsnation waren? Deutschland war international nicht nur bekannt für seine Produkte. Sondern auch für seine spektakulär schlechte Laune. Die war unser Markenzeichen. Und unsere Stärke. Wobei uns das Wetter natürlich immer geholfen hat. Eine ideale Kombination. Schlechtes Wetter und schlechte Laune. Dagegen der Italiener: Gutes Wetter und gute Laune. Ergebnis. Niente! Ganz anders dagegen der Spanier: Gutes Wetter. Aber schlechte Laune. Immer ganz ernst. Verbittert. Schauen Sie sich mal die Flamenco-Tänzerinnen an. Stampfen wütend auf den Fußboden, versteinertes Gesicht. Und dann noch die Kastagnetten, auf dass das Holz berste. Und bevor der Spanier nur Zweiter wird, stirbt er lieber und lässt noch im Sterben den Tod hochleben. »Viva la muerte!« Kein Volk der Welt hat einen ähnlichen Schlachtruf in seiner Sprache. Ergebnis: Der Spanier hat uns überrundet. Weil wir plötzlich auf locker machen. Das passt nicht zu uns. Ich seh das doch, wenn der Deutsche vor einem Lokal auf der Straße sitzt. Mitte November. Unter dem Heizpilz. Mit seinem welken Lollo-Rosso-Salat mit Putenbruststreifen. Wie ein falscher Fuffziger. Da gehört er nicht hin.

Normal für den Deutschen ist Folgendes: Er sitzt innen, schlecht gelaunt, weil er nicht draußen sitzen kann, und meckert: »Hoffentlich kommt bald der Urlaub, damit ich im Freien sitzen kann.« Kaum sitzt er im Urlaub im Freien, meckert er wieder: »Scheiß Sonne. Den ganzen Tag in dieser Bruthitze Rotwein saufen. Was freu ich mich auf Deutschland.« Kaum landet er in Deutschland, meckert er wieder: »Wieso scheint hier jetzt die Sonne? Da hätten wir ja gleich im Süden bleiben können!« Kaum regnet's, meckert er wieder: »Mensch, was freue ich mich auf den Urlaub ...«. Und genau das macht ihn produktiv. Deshalb war es auch ein Riesenirrtum vom Riester zu glauben, wenn man dem deutschen Rentner die Rente kürzt, macht er sich freiwillig vom Acker. Nix da. Dann blüht der deutsche Rentner erst auf: »Die Drecksäcke! Denen werden wir es zeigen! Je weniger die uns zahlen, desto länger bleiben wir hier!« Kein Volk hält so viel aus wie die Deutschen. Am stärksten sind wir, wenn wir ganz unten sind. Wie nach dem Krieg. Wir bräuchten einfach wieder eine Stunde Null. Durch die Wiedervereinigung waren wir sogar auf einem guten Weg dahin. In der DDR war alles unten. Da wurde 40 Jahre nichts gemacht. Unter Kohl 16 Jahre nichts. Macht schon 56 Jahre. Noch vier drauf, und wir hätten wieder losgeschlagen. Aber dann fängt die Doofnuss Kohl an, im Osten die Autobahnen auszubauen. Rausgeworfenes Geld. Man kennt das doch: Die dritte

Spur ist noch nicht fertig, schon ist eine vierte nötig. Dann wird die vierte gebaut, und alle schreien nach der fünften. Und jetzt sind wir pleite.
Aber ich bin an sich ganz beruhigt. Ich glaube, unsere Regierung, egal wer dran ist, hat das Prinzip jetzt erkannt. Die verfolgen einen Masterplan, wie man Deutschland am besten saniert: Einfach nichts machen. Gar nichts. Die ganze Welt denkt: Ha, die doofen Deutschen sind die Ober-Loser. Sogar wir selbst denken: »Mein Gott, wir sinken immer tiefer!« Und wir haben Recht. Das tun wir auch. Aber was keiner weiß: Während wir denken, die Politik macht nichts, hortet der Finanzminister die Knete aus den ganzen Steuern und legt sie weltweit Gewinn bringend an. Im Tunnelsystem unter dem Regierungsviertel arbeiten Tausende von Spezialisten am Modell »Deutschland 3000«. Und irgendwann um 2020 rum heißt es plötzlich: Morgen 10 Uhr Pressekonferenz des deutschen Volkes. Und alle Pläne sind fertig: 12-spurige unterirdische Autobahnen. Das 240 Stundenkilometer schnelle Auto, das nur 0,5 Liter braucht. Auf tausend Kilometer. Jeder Schüler bekommt zwei Lehrer, Handys sind überflüssig geworden durch einen Multimediachip im Ohrläppchen, mit dem die Kinder bereits zur Welt kommen. Nokia ist pleite und der Finne wieder Elfter. Arbeitskräftebedarf 200 Millionen Gastarbeiter, und alle Deutschen werden automatisch Chef. Ich sage Ihnen, da bewerben sich die USA als 17. Bundesland. Ich

bin mir ganz sicher, dass es so kommt. Denn erstens: Wir Deutsche sind doch nicht blöd! Und zweitens: Weil es immer anders kommt, als man drittens nicht denkt.

So wie bei der Erziehung der Kinder. Da machen Sie auch am besten immer genau das Gegenteil von dem, was Sie erreichen wollen. Dann klappt's. Wie viele wünschen sich zum Beispiel einen Sohn, der einen guten bürgerlichen Beruf hat und eine herkömmliche Frau heiratet? Alle. Aber ich hab's mit meinem Tobias hingekriegt. Und wie? Ganz einfach: Ich wollte was ganz anderes. Tagelang hab ich früher mit dem diskutiert, ob Aufräumen Diktatur bedeutet. Wenn ich verlangt habe, dass er wie alle anderen um 22 Uhr zu Hause sein soll, hieß es, das sei keine artgerechte Menschenhaltung. Ich hab immer nur mit dem gekämpft. Und immer verloren. Er hat immer gemacht, was er wollte. Illegale Demos organisiert, obwohl die Versetzung eh schon gefährdet war. Beim Abi-Streich 300 Liter Gülle in die Aula geschüttet. In Buchstabenform: »Wir scheißen auf die Penne.«
Und dann ist er weg von zu Hause. Zivildienst in Hamburg, später in Göttingen. Danach nach Berlin zum Studieren. Germanistik. Hat sich kaum gemeldet. Ich wusste zum Teil gar nicht, was er macht. Hab immer wieder angerufen. Dann war er mal wieder im Ausland. Indien, USA. Wir kriegten nur mit: Das Studium ging langsam voran. Da mal

gejobbt, mal ein Praktikum. Dann hieß es Verlag, dann Zeitung. Dann hat er die Germanistik wieder aufgegeben und Politikwissenschaft angefangen. Gut, hab ich gedacht, Politik. Macht er eben das. Da wird jeder was. Geht er halt in eine Partei. Aber da hatte er auch keine Lust drauf. Das ist heute irgendwie total verpönt. Kein Mensch ist mehr in einer Partei. SPD: Immer weniger. CDU: Immer weniger. Die FDP: Ganz schlimm. Die gucken schon neidisch auf den FC Bayern. Weil der fast doppelt so viele Mitglieder hat und alle 45 Minuten die Seite wechseln darf. Und gerade die Jugend springt den Parteien ab. Nur vier Prozent der Jugendlichen sind politisch organisiert. Und ist auch klar. Die meisten Eltern sagen ihren Kindern schon: »Drogen, Piercing, Sekten, alles in Ordnung. Aber komm mir nicht nach Hause und sei in einer Partei.«
Gut, was haben die Parteien der Jugend auch schon zu bieten? Vorbilder? Ja, gucken Sie sich Politiker doch mal an. Da kann man sich doch sofort vorstellen, wie die als Jugendliche waren. Hans Eichel. Das war doch 100 Prozent so einer, den die anderen nur mit in die Disco genommen haben, damit der auf die Mäntel aufpasst. Und womit locken die Parteien die Jugend? Ich hab letztens mal wahllos ins Internet geschaut. Die Junge Union Bernburg in Sachsen-Anhalt zum Beispiel wirbt mit folgendem Spruch: »Wenn dir das Thema Sex zu den Ohren rauskommt, probier's mal mit Poli-

tik.« Politik statt Sex. Wie stellen die sich das vor? Dass der 16-Jährige seiner Freundin sagt: »Hey Baby, gehen wir noch zu mir? Dann zeig ich dir mein Ahlener Programm.« Und in der Bravo gibt's dann Fragen wie: »Lieber Dr. Sommer, ich hab SPD gewählt. Gibt es die Pille danach?« So gesehen konnte ich verstehen, dass mein Sohn da keine Lust drauf hatte. Ich hab mir natürlich trotzdem Sorgen gemacht, wo der mal landet. Aber ich hab ihn laufen lassen. Man darf als Eltern ja auch nicht immer alles überwachen.

Und dann ruft der mich eines Tages an.

»Camphausen, ich muss dir was Wichtiges sagen. In meinem Leben hat sich etwas Einschneidendes getan, es gibt eine neue Entwicklung.«

»O. k., Junge. Alles egal, raus mit der Sprache. Wie lange musst du im Knast bleiben?«

»Nein. Ich bin nicht im Knast. Ich wohne im Schwäbischen. In Übach-Stümpflesberg. Komm mich doch mal besuchen.«

»Du wohnst in Schwaben? O Gott! Hast du eine Wette verloren?«

»Nein, komm doch einfach mal. Dann erkläre ich dir alles.«

War ich natürlich erst mal nicht so begeistert. Ich nach Schwaben ... Ich weiß nicht mal, welche Impfungen man dafür braucht. Und dann die Zeitverschiebung.

»Du sollst nach Schwaben kommen, nicht nach New York.«

»New York würde ja noch gehen. Die sind im Vergleich zu Köln sechs Stunden in der Zeit zurück. Bei Schwaben sind das 30 Jahre. Zumindest gesellschaftlich.«

Aber ich merkte schon, der wird gleich sauer. Bin ich also nach Schwaben gefahren. Köln-Stuttgart. IC »Meyer-Vorfelder«. Dann Ankunft in Übach-Stümpflesberg Hauptbahnhof. Sehr schöner Bahnhof übrigens. Ganz neu gestaltet. Wie fast alle deutschen Bahnhöfe. Info-Point, Ticket-Center und »Le CroBag«. Die Firma, die seit ungefähr zehn Jahren alle deutschen Bahnhöfe verpestet. Mit dem Gestank von überbackenem Käse. Die überbacken alles. Brot, Gemüse, Schinken. Wenn Sie da eine Minute zu lange stehen bleiben, werden Sie überbacken. Ich wette, wenn Sie da zehn Jahre arbeiten, müssen Sie in Frührente. Mit Käse-Lunge. Aber egal. Ich hab die Luft angehalten und bin da durch, halte in der Bahnhofshalle Ausschau nach meinem Sohn, suche ihn überall und denke schon: Keiner da. Da sehe ich ihn plötzlich. Und zwar total verändert. Aber bis zur Unkenntlichkeit. Früher hatte der so eine Matte, immer olle Jeans, T-Shirt. Und jetzt: Haare kurz, Anzug von Hugo-Young-Collection, englische Schuhe, Maßanfertigung. Ich war natürlich total verdutzt. Was er auch gleich bemerkt hat.

»Warum guckst du denn so komisch? Erkennst du deinen eigenen Sohn nicht mehr?«

»Natürlich. Ich war nur einen Moment nicht sicher, ob du mein Sohn bist oder der Mann von der Hamburg-Mannheimer.«

»Ja, mein Geschmack hat sich ein wenig gewandelt. Ich trage jetzt ganz gerne Anzüge. Die gibt es auch ganz günstig beim Boss-Lagerverkauf. Bisschen was Elegantes. Aber komm erst mal mit. Ich habe den Wagen vor dem Haupteingang geparkt.«

Ich gehe also mit ihm aus dem Bahnhof raus. Und was steht dann da? Ein Riesen-Daimler. Schwarz. S-Klasse, Lederarmaturenbrett, Sitzheizung.

Ich denke, mich trifft der Schlag. Der gehört meinem Sohn?

»Sag mal, Junge, spinnst du jetzt? Wie kommst du denn zu so einem Auto?«

»Camphausen, reg dich nicht auf. Der gehört mir nicht. Das ist der Wagen von Gabys Vater.«

»Mein Gott ... Tobias. In so ein Ding wärst du früher nie eingestiegen. Du hast immer gesagt, Daimler-Benz wäre so fett im Waffenhandel, da würde Blut an den Reifen kleben.«

»Ja, das kann ja sein. Aber steig erst mal ein, und du wirst sehen, das hat keinen Einfluss auf die Fahreigenschaften.«

Und während der Fahrt erzählt er mir, was los ist. Er ist jetzt mit Gaby zusammen. Gabys Vater ist der größte Küchenhersteller von Schwaben. Sitz in Übach-Stümpflesberg. »Rems-Design.« Und da ist er sozusagen eingestiegen ...

«Moment! Du willst doch jetzt nicht etwa Küchenbauer werden?«

»Warum nicht?«
»Warum nicht? Küchenbauer ... Ich mein, du wolltest Politologe werden, und jetzt installierst du Dunstabzugshauben? Bei Rems-Design?«
»Naja ... Der Vater gibt die Firma bald ab. Dann steig ich als Chef ein.«
»Als Chef? Warum solltest du da einsteigen dürfen? Nur weil du mit seiner Tochter Gymnastik machst!«
»Gaby und ich sind immerhin verheiratet.«
»Moment, ihr seid was?«
»Verheiratet. Wir haben geheiratet.«
»Geheiratet? Du ... du hast geheiratet? Was ... aber ... aber das ... du kannst doch nicht ... ich meine ... warum erfahre ich das erst jetzt?«
»Weil du dich eh nur darüber aufgeregt hättest.«
»Ich reg mich auf? Ich reg mich nicht auf! ICH REG MICH NICHT AUF!!! Außerdem hab ich allen Grund, mich aufzuregen. Weiß deine Mutter davon?«
»Klar, die war ja bei der Trauung dabei ...«
»Ach, und ich? Ich werde nicht eingeladen, wenn mein Sohn heiratet. Wann war denn das überhaupt mit der Hochzeit?«
»Vor drei Wochen. Hier in Übach-Stümpflesberg. In der Kirche.«
»Moment, brauch ich ein Hörgerät oder hast du gerade ›Kirche‹ gesagt?«
»Ich hab ›Kirche‹ gesagt.«
»Du hast auch noch in der Kirche geheiratet?«

»Warum nicht?«
»Warum nicht? Du hattest mit der Kirche nie was am Hut. Du bist nicht mal in der Kirche.«
»Doch. Ich hab mich vorher katholisch taufen lassen.«

Ich dachte, mir bleibt die Luft weg. Mein Sohn hat sich katholisch taufen lassen. Ich meine, der kann machen, was er will. Aber Kirche ... Wir haben ihn immer atheistisch erzogen. Die Weihnachtsgeschichte haben wir feministisch-politisch interpretiert. Das war für ihn immer nur die Story von Maria, die sich als allein erziehende Mutter gegen die Volkszählung wehrt. Als Jugendlicher war der so überzeugt davon, dass Religion Opium fürs Volk ist. Der hat sich manchmal heimlich in der Messe eine Hostie geholt, um die zu kiffen. Sein Abi hat der sogar über Nietzsche gemacht. Thema: Gott ist tot! Ja, sagt er heute, das hat er früher geglaubt. Aber je länger er über Gott und Nietzsche nachdenkt, umso mehr kommt er zu dem Entschluss, dass von den beiden nur einer definitiv tot ist. Und das ist Nietzsche.
»Ja gut. Aber was ist das für ein Wandel? Ich begreife das gar nicht. Vor ein paar Monaten warst du noch als Hänger-Student in Berlin. Du warst total kontra. Und jetzt bist du bei den Katholiken.«
»Ja und? Die RAF hat sich aufgelöst. Da bleiben nur noch die Katholiken als radikale Gruppe übrig.«

»Jetzt mach keine blöden Witze. Du kannst mir doch nicht ernsthaft erzählen, dass du mit 21 die Mutter Kirche für dich entdeckt hast.«

»Warum nicht? Franz von Assisi ist auch erst als junger Mann religiös geworden.«

»Franz von Assisi? Der hat seine Kleider weggeworfen, ist nackt durch den Ort gelaufen und hat mit den Tieren geredet. Versuch das mal in Übach-Stümpflesberg. Da landest du aber in der Geschlossenen. Und überhaupt. Weißt du, was das bedeutet? An eine Religion zu glauben? Da musst du die kirchliche Hochzeit richtig ernst nehmen. Da musst du schwören, dass du mit der Frau zusammenbleibst, bis dass der Tod euch scheidet. Und das kann in Schwaben verdammt lange dauern. Da gibt's ja von dem vielen Putzen nicht mal Krankheitskeime.«

»Camphausen, jetzt übertreib nicht. So eine kirchliche Trauung, das ist doch eine ganz alte europäische Tradition.«

»Na und? Die Hexenverbrennung ist auch eine ganz alte europäische Tradition. Führen wir die jetzt auch wieder ein?«

Ich verstehe das nicht. Traditionen. Wohin ich höre, immer Traditionen. Traditionen sind wieder wahnsinnig in. Das ist der größte Trend des neuen Jahrtausends. Das zeigt zum Beispiel die Jugend-Umfrage der UNO. Die deutsche Jugend sucht nicht mehr Sex and Drugs and Rock'n' Roll. Für die stehen traditionelle Dinge wieder ganz oben auf der Liste. Autos haben Armaturenbretter wie in den 50ern, Männer tragen wieder Anzüge wie in den 60ern. Tanzschule ist wieder gefragt, gutes Benehmen. Dass der Mann der Frau in den Mantel hilft. Ja, das gab es doch in unserer Generation gar nicht. Das hätte der Emanzipation der Frau widersprochen. Wenn da die Frau gesagt hat: »Hilfst du mir in den Mantel?«, hätte man doch zurückgefragt: »Wieso kannst du das nicht selbst? Hast du einen Hexenschuss?« Und heute? Bei der Zahl der kirchlichen Hochzeiten liegen wir schon wieder auf dem Stand von 1952. Über 23 Prozent der Jugendlichen sagen inzwischen sogar schon, sie wollten keinen Sex vor der Ehe. Kein Sex vor der Ehe! Da frage ich mich immer: Wenn nicht vor der Ehe, wann denn dann?
Wir leben im Zeitalter der Hochtechnologie und der Zukunftsindustrie. Und was ist gefragt? Die

ganz alten Zöpfe. Je älter irgendwas ist, umso angesagter. Nehmen Sie nur die Medizin. Milliarden werden da für Forschung ausgegeben. Herzen, Lebern und Lungen können verpflanzt werden. Und wo rennen die Leute hin, wenn sie krank sind? Zum Heilpraktiker. Traditionelle Medizin. Der Franz vom Kleeblatt zum Beispiel hat seit drei Monaten ein Loch im Zahn. Meinen Sie, der geht zum Zahnarzt? Der macht Dauerakupunktur. Da werden einem 50 Nadeln ins Gesicht gesteckt, und die müssen 24 Stunden drinbleiben. Als der zum letzten Treffen gekommen ist, haben wir gedacht, uns ist ein Igel zugelaufen. Bei Schnupfen nimmt der kein Aspirin. Der nimmt abgestandenes Bier mit Zucker und zerlassener Butter. Das wäre ein traditionelles rheinisches Hausrezept. Ja, Entschuldigung, altes Bier mit Zucker und Butter, das ist kein Hausrezept. Das ist Kölsch. Woher kommt diese Lust an den Traditionen? Dass man Krankheiten nicht mit moderner Chemie behandelt, sondern mit den Erkenntnissen von Hildegard von Bingen? Das ist der letzte Schrei. Blutegel, Aderlass, Schröpfen. Medizin nach mittelalterlichen Methoden. Ja, was soll das? Wenn ich Medizin nach mittelalterlichen Methoden will, dann geh ich einfach zum Arzt und sag, ich bin Kassenpatient. Und da werd ich auch geschröpft. Und zwar nach Strich und Faden.

Und die Traditionen spielen nicht nur in der Medizin eine Riesenrolle. Auch bei der Ernährung.

Die deutschen Supermärkte machen zur Zeit riesige Umsatzverluste. Und warum? Weil es wahnsinnig in ist, seine Sachen wieder direkt beim Bauern zu kaufen. Das muss man sich mal vorstellen: Investmentbroker mit Gucci-Anzügen fahren wie im 17. Jahrhundert nach Cloppenburg in die Schweinebucht. Um sich Gemüse und Fleisch zu kaufen. Weil Bauer und Kuh da noch eng zusammen leben. So ein Blödsinn! Wenn Bauer und Kuh eng zusammenleben, dann ist das noch lange keine Tradition. In Cloppenburg hat man einfach wenig andere Möglichkeiten zur Partnerschaft.

Und jetzt hat mein Sohn auch noch kirchlich geheiratet. Das ist doch Quatsch. Traditionen, das ist doch nur die institutionalisierte Illusion von Kontinuität. Gut, das hab ich ihm nicht gesagt. Für so einen Satz muss man länger überlegen. Außerdem wusste er natürlich wieder alles besser:

»Tradition ist notwendig, Camphausen. Das hat deine Generation nur nie verstanden. Dass man nicht nur die Revolution vorantreiben muss. Alles kaputtmachen, alles zerschlagen, alles neu machen. Sondern dass man auch das Gute bewahren muss. Das, was unsere kulturelle Identität ausmacht. Was uns zum Beispiel vom Islam unterscheidet.«

»Was hat das mit dem Islam zu tun?«

»Na, vom Islam können wir eine Menge lernen.«

»Wir vom Islam ...?«

»Willst du das abstreiten?«

»Nein ... Die islamische Welt hat viel für die Menschheit getan. Allein die großen Erfindungen: die Algebra, die Astronomie, den Hähnchen-Döner. Aber was sollen wir heute noch von denen lernen? Wie man eine ordentliche Steinigung organisiert?«

»Dass man kulturelle Wurzeln haben kann und die

verteidigt. Dass man für seine Kultur kämpft. Den Kampf nehmen wir im Westen doch schon gar nicht mehr auf. Wir reden vom Kampf der Kulturen, aber eigentlich haben wir den schon längst verloren.«
»Was heißt verloren? Wir haben gewonnen. Nur drei Monate nach dem Krieg hat in Kabul schon der erste McDonald's aufgemacht. Mit allem Drum und Dran. Da gibt's jetzt schon ein Happy-Mullah-Menue.«
»Aber das ist doch nur der Kapitalismus und keine Kultur. Wir denken halt nur an Kohle. Aber wir glauben nichts mehr. Das ist doch eine totale Verarmung. Bei uns zählt nur noch der Materialismus. Das Geld. Wir haben keinen Kontakt mehr zum Spirituellen.«

Ich denke, jetzt ist er völlig durchgeknallt. Was redet mein Sohn für einen Blödsinn! Kein Kontakt mehr zum Spirituellen. Als würde in Deutschland zu wenig geglaubt. Hier wird viel zu viel geglaubt. Jeder glaubt doch ständig an irgendwas. Das ist überhaupt unser größtes Problem. Keiner weiß was, aber alle glauben. Hier wird man doch dauernd mit irgendeiner Religion zugeschüttet. Letzte Woche war noch so ein Tag. Da steh ich morgens auf, hol mir eine Zeitung auf der Ecke. Sagt der Herr Schreiner vom Kiosk als Erstes: »Na, Herr Camphausen, nehmen Sie doch zur taz noch den Express, da ist heute das Jahreshoroskop drin.«

Ich sag: »Lassen Sie mal stecken, das interessiert mich nicht.« Meint der, ich sollte da mal meine Verweigerungshaltung überdenken. Über die Astrologie würde man das gesamte Universum verstehen. Ich sag: »Blödsinn. Wie soll ich das ganze Universum verstehen? Ich versteh doch nicht mal die Riester-Rente.« Gut, die ist natürlich auch komplexer.

Dann gehe ich aus dem Büdchen raus und treffe meinen Nachbarn. Beide Beine in Gips. Warum? Der hat mit seiner Frau das Kamasutra ausprobiert. Ich kenn die beiden. Wenn sie früher zu ihm sagte: »Schatz, wie wär's mit Sex?«, da hat der geantwortet: »Wieso? Ist schon wieder Tag der deutschen Einheit?« Und jetzt das Kamasutra. Haben die im Fernsehen gesehen. In den RTL-Hauptnachrichten. Und natürlich direkt mit der schwierigsten Stellung angefangen. »Der Säbelzahntiger wirft sich auf die Antilope.« Hat der auch gemacht, der Idiot. Hat sich im Tigertanga vom Schlafzimmerschrank auf seine Frau geworfen. Und? Beide Knie ausgerenkt und ein Kreuzbandriss. Kamasutra. Ja, das ist doch einfach nicht unser Kulturkreis.

Dann geh ich zwei Ecken weiter und komme an einem Schild vorbei: »Heute Einschulung in der anthroposophischen Schule.« Waldorf-Pädagogik. Ich denke, nichts wie weg, da treffe ich aber Peter und Bärbel. Die brachten ihr Kind dahin. Den kleinen Marcel-Shiva. Totale Esoteriker. Schon die

Zeugung wurde mit dem Mond abgestimmt. Dann die Geburtsvorbereitung. Da haben beide einen Tantra-Kurs gemacht. Jede Woche dreimal in den Beckenboden geatmet. Und Effekt? Die waren so gut vorbereitet, schon im 7. Monat kamen die Wehen. Bei ihm.
Von wegen wir Deutschen glauben nicht. Jeder dritte Deutsche fühlt sich heute schon zum Buddhismus hingezogen. Um wieder geboren zu werden. Als Schwan. Wissen Sie, was das für die Zukunft bedeutet? 25 Millionen Schwäne. So viele Teiche haben wir doch gar nicht. Aber mein Sohn muss natürlich auch noch auf den Zug aufspringen. Und nur weil ich was kritisch anmerke, schaut der mich an, als wäre ich der Leibhaftige und wollte ihn in der Wüste bei Übach-Stümpflesberg versuchen.
»Camphausen, weißt du, was dein Problem ist?«
»Nee. Aber wie ich dich kenne, erklärst du mir das gleich.«
»Dein Problem ist, dass du einfach nicht glücklich sein kannst.«
»Ach nee. Den Satz habe ich schon mal gehört. Was weißt du denn davon? Soll ich dir mal sagen, was für mich Glück ist? ›Glück ist die produktive Kraft des Scheiterns.‹ Da guckst du jetzt doof. Das ist zu hoch für dich. Gut, dann drück ich es einfacher aus. Nietzsche sagt: Glück ist das Verharren in der Erfüllung eines Wunsches. Aber meine Wünsche sind einfach nicht erfüllt, wenn ich ein

Ceran-Feld installiert habe. Ich will noch was anderes.«

»Ja, aber du hast nie gewusst, was. Es musste immer gleich die ganze Welt verändert werden. Das ist das Problem von deiner Generation, Camphausen. Vom ersten bis zum 20. Lebensjahr habt ihr gegen die Eltern rebelliert, vom 21. bis zum 40. Lebensjahr habt ihr gegen den Staat rebelliert, vom 41. bis zum 60. rebelliert ihr gegen euch selbst, und danach wollt ihr anfangen zu leben ...«

»Ach so! Und du machst es umgekehrt. Du fängst mit dem Mercedes und der Rems-Design-Küche an. Ohne Rebellion. Einfach so. Du baust dir in Übach-Stümpflesberg ein schwäbisches Landhaus mit vier Kachelöfen. Kriegst mit Gaby zwei oder drei Kinder. Je nachdem, wie viele Kinderzimmer der Architekt plant. Wirst stellvertretender Vorsitzender des Heimatvereins. Jährlicher Höhepunkt des Vereinslebens: Aufstellen des Maibaums. Und wenn du das alles gemacht hast, dann erwacht in dir mit 60 der Freiheitskämpfer. Dann besetzt du wahrscheinlich einen Weinberg und agitierst die ukrainischen Erntehelfer mit Texten aus dem ›Kapital‹ von Karl Marx!«

»Camphausen, ich weiß noch nicht, was ich mache. Aber egal, was es sein wird – ich handle dann im Bewusstsein: Das kann ich mir finanziell leisten. Und bis dahin widerspreche ich deinem Herrn Nietzsche. ›Glück ist nicht das Verharren in der Erfüllung eines Wunsches‹. Glück ist das Vermeiden von zu großen Wünschen. Und das wär auch was für dich. Das Entscheidende im Leben ist, nicht zu viel davon zu erwarten. Such dir was Kleines. Züchte Rosen, kauf dir einen Hund oder mach mal eine Kreuzfahrt. Du wirst sehen, wie dir das hilft.«

Ich hätte ihm eine scheuern können. Jetzt, wo er volljährig ist, wär's erlaubt. Aber sinnlos. Früher, als er klein war, war es nicht erlaubt, aber sinnvoll wär's gewesen.

Ob die Sonja noch kommt? Weiß der Himmel. Oder ist die schon zu der Taufe? Bestimmt. Das lässt die sich nicht entgehen. Und ich? Vielleicht sollte ich dann auch schon mal hinfahren. Dann treffen wir uns. Am Taufbecken. Sie, ich, der Tobias, die Gaby und die kleine Julika. Da wird sie ganz anders draufkommen, die Sonja. Das wette ich. Da hat der Sulzer keine Chance mehr ... Ja ... Ich fahr da jetzt schon hin. Mit dem Maybach-Mercedes nach Schwaben. Wenn die den Wagen in Übach-Stümpflesberg sehen, bin ich morgen Bürgermeister.
Aber was mache ich, wenn die Sonja nicht bei der Taufe ist und jetzt doch noch kommt? Vielleicht lasse ich ihr eine Nachricht da. Die leg ich ihr auf den Tisch. Ich schreibe: »Liebe Sonja ... ich hoffe, du hast diese Nachricht gefunden.« So was Doofes! Na klar hat sie die gefunden. Wenn nicht, dann könnte sie die ja nicht lesen. Obwohl ... was wenn die gar nicht hinguckt auf den Tisch? Wie war das denn immer, wenn die reingekommen ist? Wohin schaut die immer als Erstes? Meistens auf den Boden, wo sie ihre Tasche abstellt. Also wenn ich den Zettel mit der Nachricht auf den Boden lege ... aber vielleicht hat die heute gar keine Tasche dabei. Dann

guckt sie vielleicht doch zuerst auf den Tisch. Gut, dann schreibe ich noch einen Zettel und lege den auf den Tisch. »Hallo Sonja, wenn du keine Tasche hast, dann guck trotzdem auf den Boden.« Und da liegt dann der Zettel: »Liebe Sonja, dies ist eine Nachricht von Camphausen. Du erinnerst dich sicher. Ich bin dein Mann.«
Moment. Und was ist, wenn sie den Sulzer mitbringt? Und keine Tasche hat? Die kommt rein, redet mit dem Arsch, guckt nicht auf den Boden, geht vielleicht am Tisch vorbei ... direkt zum Stuhl. Gut, dann schreib ich sicherheitshalber noch einen Zettel und lege den auf den Stuhl: »Sonja, guck mal auf den Tisch, da findest du einen Zettel, auf dem steht, dass du auf den Boden gucken sollst, wenn du keine Tasche hast. Wenn du eine Tasche hast und bereits auf den Boden geguckt hast oder ohne Sulzer und ohne Tasche angekommen bist und auf den Tisch geschaut hast, wo steht, dass du auf den Boden schauen sollst, wenn du keine Tasche hast, dann ist diese Nachricht gegenstandslos. Vorausgesetzt du findest sie überhaupt. P. S.: Sulzer, verpiss dich!«
Na bitte. Es kann alles so einfach gelöst werden. Man muss nur nachdenken. Und dann findet sie meine Nachricht ... »Liebe Sonja, dies ist eine Nachricht von Camphausen. Du erinnerst dich sicher. Ich bin dein Mann. Wenn du diese Zeilen liest, bin ich schon weg und warte auf dich in Übach-Stümpflesberg. Bei der Taufe. Eigentlich

wollte ich da ja gar nicht hin. Denn ich kann nicht garantieren, dass ich so eine traditionelle Taufe in einer traditionellen schwäbischen Kirche aushalte, ohne meinen traditionellen Sohn mit seinem Boss-Anzug mehrere Minuten ins Taufbecken zu tunken. Vielleicht wäre es auch besser für die kleine Julika, wenn ich den Quatsch nicht mitmache. Die braucht schließlich irgendwann mal jemanden, zu dem sie fliehen kann, wenn sie anfängt zu begreifen, dass finstere Mächte sie praenatal nach Übach-Stümpflesberg verschleppt haben. Damit sie wenigstens einen Menschen in der Familie hat, der nicht mit dem Gehirn in die Dunstabzugshaube geraten ist.
Andererseits ist es vielleicht besser, wenn ich trotzdem hinfahre. Denn irgendwie denke ich: Wenn ein neuer Mensch auf die Welt kommt, dann sollten sich die alten Menschen am Riemen reißen. Ein bisschen gute Figur machen. Wenigstens einen Hauch von Harmonie erzeugen. Mal nicht mehr kämpfen. Vielleicht auch wir nicht ...
Denn du und ich, also wir beide, Sonja, wir waren so lange zusammen. Wir haben so viel getan, was uns zum Paar gemacht hat. Wir haben zusammen einen Sohn bekommen, wir haben zusammengelebt, wir sind zusammen in den ADAC eingetreten. Das verbindet. Und gut, wir haben zur Zeit Probleme miteinander. Aber ist das nicht normal? Das Leben ist halt wie eine Pizza Quattro Stagioni. Erst sieht es ganz abwechslungsreich aus, aber nach der

Hälfte ist man meistens satt. Wir beide werden älter. Ich schaue morgens oft in den Spiegel und denke: Nanu, ist schon wieder Halloween? Und wenn ich noch genauer schaue, merke ich, dass irgendetwas an mir fehlt. Und, Sonja, manchmal habe ich Angst, dass es die Zukunft ist. Sulzer, Susi, Trennung. Meinen wir das wirklich ernst? Vielleicht wollten wir beide nur schauen, ob wir die Weiche vor dem Endspurt nochmal umgelegt kriegen. Was nachholen, was wir verpasst haben. Weil wir den Tod fürchten. Weil wir Antwort suchen auf die Kernfrage der Menschheit. Die Frage, die der große Philosoph Matthias Beltz schon immer gestellt hat: »Woher kommen wir, wohin gehen wir, und weshalb waren wir zwischenzeitlich da?«
Sonja, schau dir das Universum an: Milliarden, Billiarden von Sternen, Galaxien, Spiralnebeln. Es gibt Zeitlöcher, schwarze Löcher, und das ganze All weitet sich immer weiter aus. Was heute unter dem Küchenstuhl liegt, kann morgen schon auf dem Tisch sein. Und das kriegt nicht mal der beste Hausmann aufgeräumt. Du und ich, Sonja, wir sind nur zwei Nanosekunden im Kosmos. Aber du bist immer noch die beste Nanosekunde, die ich erlebt habe. Also lass uns den ganzen Mist vergessen. Alles fließt, alles verliert sich, alles flieht ins Ungewisse. Aber es gibt zwei Dinge im Universum, die definitiv stimmen. Das eine ist: Wir beide gehören zusammen. Und das andere ist: In eine Minestrone gehören keine Erbsen.«

Ganz alte Tradition. Ja, Traditionen haben schon was Schönes. Was hat mein schlauer Sohn gesagt? »Camphausen, mach mal was Kleines. Züchte Rosen, kauf dir einen Hund oder mach eine Kreuzfahrt.« Da fällt die Auswahl nicht schwer. Eine Kreuzfahrt auf der MS Europa. Drei Monate abhängen auf See. Vielleicht lerne ich dabei eine 97-jährige amerikanische Milliardärin kennen, die sich für die abendländische Bildung interessiert. Liest man doch öfter, dass so was klappt. Ganz alte Tradition. Und der Tobias bekommt einen Funkspruch vom Kapitän: »Blinder Passagier an Bord der MS Europa entdeckt namens Camphausen. Überweisen Sie sofort 10 000 Euro, oder wir werfen den Herrn über Bord.«

Wie steht in der Bibel geschrieben? Du sollst Vater und Mutter ehren. Uralte Tradition. Moment! Vater und Mutter? Das bin ich ja beides. So, dann kostet ihn die Idee mit der Kreuzfahrt 20 000 Euro. Mal schauen, wie gefestigt er schon im Glauben ist. So. Die Entscheidung ist gefallen. Die Taufe wird gestrichen und durch eine Kreuzfahrt ersetzt. Die kleine Julika hol ich mal zu mir, wenn sie laufen kann. Dann gibt es den ersten Grundkurs in Anarchie und antiautoritärer Erziehung. Erstes Lernziel: Wie kriege ich im Alter von anderthalb Jahren eine Tüllgardine von der Vorhangstange? So was muss man als Kleinkind wissen. Ururalte Tradition.

Ahoi!